suhrkamp taschenbuch 3124

Volker Braun ist Dialektiker im genußreichsten Sinne, seine Dichtung eine Verschwörung des Subjekts gegen das nicht gelebte Leben einer bewußtlosen Gesellschaft, urteilte die Jury des Kritikerpreises 1996 über die *Ausgewählten Gedichte*.

Lustgarten, Preußen interpretiert sein lyrisches Werk aus der Erfahrung und Lust eines Jahrhunderts der Niederlagen. Dieses Werk voller Übergänge und Bewegungen ist ein »Training des aufrechten Gangs«; der »lebenslängliche Leib« macht sich auf in eine Geographie, in die ihm »der Dämon der Ideologen« nicht folgt. »Wie im Zeitraffer wechseln«, so Gerhard Wolf, »Szenen, Gespräch, Kommentar und Zitat, sinnlicher Akt mit abstrakter Reflexion, um die brennenden Fragen der Zeit in ihrer Bewegung zu erfassen.« Schonungslose Desillusionierung begegnet einer sich immer explosiver gestaltenden Sprachkunst »bodenloser Sätze«.

Volker Braun, 1939 in Dresden geboren, lebt in Berlin. Er erhielt 2000 den Georg-Büchner-Preis.

Volker Braun
Lustgarten, Preußen
Ausgewählte Gedichte

Suhrkamp

Die Taschenbuchausgabe wurde um die letzten vier Gedichte ergänzt.

Umschlagabbildung: A. R. Penck, Der Übergang, 1963

suhrkamp taschenbuch 3124
Erste Auflage 2000

Druck: Nomos Verlagsgesellschaft, Baden-Baden
Printed in Germany
Umschlag nach Entwürfen von
Willy Fleckhaus und Rolf Staudt

1 2 3 4 5 6 – 05 04 03 02 01 00

1

1959-1974

DAS GRÜNDEL

1. Wie sich der Weg in die Wiese schmiegt, das Gras widersteht, wir haben nackte Sohlen. Da ist ein grüner Leib in der feierlichen Sonne. Der sanfte Wind wohnt am Boden und dichte Gebüsche, die uns umarmen. Dolden, Rispen und Erde, es genügt, daß sie uns ahnen. Drunten ist es naß, und die Weidenstöcke striemen den Rücken.

2. Von Jahr zu Jahr nimmt der Grund ab, und ich fühle ihn tiefer, zu leben.

DIE TRÜMMERFLORA

Die wilden Büsche über den Ruinen.
Grün aus den schwarzen Steinen loht es auf.
Erloschne Städte. Feurige Lupinen
Und Witwen ziehen in den Trümmerhauf.

DIE WETTER

Die Wetter, welche uns nicht brauchen
Fliegen in den Urstromtälern
Dampfende Laken frisch aus dem Trog
Ein Sausen in den Wäldern um uns her
Dreihunderttausend Jahre Granit
Und überdies der Sand in Sachsen.
Hier hatten wir ein großes Loch gegraben
Wozu weiß ich nicht mehr. Es war tief
So daß wir, um den Dreck herauszubringen
Die Schippe schwangen übern Kopf
Zur nächsten Schippe, welche ihrerseits
Die dritte bediente, bis wir naß
Und nackt die Böschung runterglitten
In das Geviert. Das war das Unsere.
Die Fremde mit den roten Haaren
Stand an der Weiche in Wattesachen
Dann auf dem Kopf im grauen Sand
Den wir zudem in ihre Hosen füllten
Was sie lachend litt.
Das ungefähr war unsre Tätigkeit.
Und unvermittelt eine Wolkenwand
Hob ab bei Spremberg und glitt dunkel
Über uns weg, weil wir uns duckten
Und setzte die Szene unter Wasser
Drei Wochen ohne Vorwarnung
Und gegen den Plan, und schneidend
Ein uraltes Licht, herabgelangt

Aus irgendeinem Himmel messerhart
Beleuchtet die kleine Stelle
Ein Schlammloch unkenntlich, wo wir besudelt starren
In die ruhig atmende Natur.
Scheiß auf die Arbeit. – Hol dir die Papiere.

SCHIFF IM LAND

In eine Pfütze Europas hält ein blasser
Magerer Junge ein Schiffchen aus weißem Papier.
Er steht am Meer. Er sieht aufs unendliche Wasser.
Ein Duft von Brot und Süße streift über die Pier

Und steift meine Segel: ich kreuze in dem warmen
Hauch, der über der dunklen Küste west.
Und ich bin voll von Lust und von Erbarmen.
Gegen Abend geb ich Feuer auf die Winterpalais.

Aus den Kanonen, die im entjungferten Himmel prahlen
Schlagen Platzgranaten: ein Pud
Die Stadt bricht ins Knie mit ihren Kathedralen
Die Docks entrollen, wie Taue, ihren Mut.

In den Speichern, wo sie sortiert in Fächern lagen
Falten sie wieder Knie auf und Händ.
Ich fühle meine Mannschaft verwegen tagen
Im Frührot, das über den Banken brennt.

Im Bilderbuch sah ich träumend die Vögel so gleißen;
Jetzt seh ich mich satt an der Schande der Strände und
streife sie roh.
Ich bade im Unermeßlichen, das mir verheißen
Ist. Nie war ich so froh.

Aber ich schwimme stromauf: die Flüsse ermatten.
Dünne Nebel netzen den Kiel, die Ufer schlagen mich leck.
Langsam ramme ich die seltsamen festen Schatten
Und transparentne Tore hängen rot wehend ins Deck.

Aus den Hallen fallen die fahlen Gespenster
Die sich an den Maschinen morden mit eigener Hand.
Blinde Luft besetzt die Fenster.
Etwas klebt wie Kleister am Bug: das Land.

Und ich fahre noch, feuernd aus den Rohren
Detonationen reißen gewaltige Schluchten her;
Ich seh mich, mit meinen Kinderaugen, verloren.
Und manchmal stell ich mich quer und daß was war jetzt
weg wär

Stoße ich die steinigen Lawinen
Und Beton über Bord in die Täler: und da
Steigt das Wasser zu Seen in die Turbinen
Ich schwebe in weißen Gewässern, die nie ein Schiff sah.

Teiche voll Teig und harschen Entschlüssen
Mit bleichen Lippen in den Tag geschrien.
Schotterseen, die in die Schablonen müssen.
Pleiße geplagt vom Sound der Raffinerien.

Ich muß in den Dreck hinein, ich will ihn greifen
Besudelt von Salz und Notwendigkeit.
Ich muß meinen Leib durch diese Arbeit schleifen.
Ich schirre den Schlamm an, das Gezähe der Zeit.

Lust, Reibeisen der Realitäten
Auf dem ich mich hingebe, meinen süßen Bast.
Rausch der Kanäle, die aus dem Schoß der Erde treten.
Schamlippen leuchtende Fahne am Mast.

O Ufer Rand der Verzweiflung Schlicksal Schlammassel.
Die Mannschaft seilt sich ab von den Takeln der Lust.
Aus dem Drahtbett wälzt sich, mit kaltem Gerassel
Der Alltag mit planierter Brust.

Es ist ein langsamer knirschender Morgen.
Das Meer von versunkenem Jubel erbricht
Sich, im schäumenden Zeitungspapier verborgen.
Idiotische Lampions im Leuna-Licht.

Ich fahre (was sind das für Fahrradspangen an meinen Hosen)
Ich fahre, ich fahre fort: (einst ging es mir gut)
Meer aus Scheiße, Geduld, das täglich erstickte Tosen.
Sümpfe über den Plänen brütend, förmliche Flut.

Meer unterm Rauch vertagt, wo panische Wolken klaffen.
Ich sehe, ich seh, der Inseln gelber Hohn
Winselndes Meer aus Wäldern und kahlen Waffen
Diese steppenhafte Umarmung, geizige Vision.

Des Morgens sanfte Finger spielen in der Scheide …
Ich fahre voraus in taumelnder Bilder Schnee.
Ich fahre ich sehe noch einmal die köstliche Weite;
Das kotige Segel schleppt den Wind der Idee.

Ich sehe Lichtungen grasgrün, ihren köstlichen Namen
nennend
Ich sehe, was die Ertrunknen sahn im Stacheldraht
Entsetzliche Freude auf meinen Brettern brennend
Untergänge: sie halten den Aufruhr parat.

Das ist das Element, das meine Fahrt befeuert.
Ich kreuz wie ein Feind, der aus den Wällen bricht
Mit starren Masten, nur von der Hoffnung gesteuert
In diesen kalten Bericht.

Jetzt habe ich das lächelnde Schreckgesicht der Rotten
Die in ihren Bretterbuden warten an der Transsib
Während die Kamele ruhig in die Horizonte trotten
Über des Treibers verdurstendes Geripp.

Vielleicht ist es nur mein Schatten noch, mein Scheitern
Mit zersplissenen Planken, auf denen ich ruhig lieg
Im Anprall des letzten Bilds, und die anderen, heitern
Greifen es mit den Lippen und schmecken den Sieg.

SIE KÜSST DEN JUNGEN mit gefletschten Zähnen
Daß ihm das Blut aus seinen Lippen rinnt
Und er steht ratlos vor ihr wie ein Kind
Weil Lust und Angst einander so erwähnen.

Und sie singt wie ne Alte! O die kanns
Er stümperlich begleitet sie am Flügel
Und sieht unter dem Kleid schon kleine Hügel
Beben als Boden für die Resonanz.

Nun tritt sie aus der Villa fett gecremt
Er schleppt den Koffer nach wie ein Ganove
Und lernt indem, daß sich der Mensch nicht schämt

Wenn er gedeihen will. Am Hauptbahnhofe
Schenkt sie ihm lächelnd einen Silberblick.
Sodann verläßt sie kühl die Republik.

SIE HATTEN TIEFE GRÄBEN ausgestochen
Mit langen Stielen, haftend in den Luchen.
Den faulen Pfuhl auch abzuziehn! das Fluchen
Machte sie warm, bis sie wie Tiere rochen.

Selber ein Tier sein! vor es weidet hier:
Sie krochen in die Wiese mit dem bloßen
Scheuen Rücken, um sich sacht zu stoßen.
Wie macht man es? Natürlich wie ein Tier.

Sie jedoch spürte plötzlich Stich auf Stich
Sowie auch er, von fremden Kreaturen
Die gehn im süßen Blute auf den Strich

Das penetrante Zeug! Sein Auge stiert'
Wie eines Bullen auf die winzigen Huren.
Sie war zerstochen, doch nicht penetriert!

BIOGRAFIE DES ORGASMUS

Barfuß bis unter das Hemd auf dem Splitt
Sie gab ihm den kleinen Finger
Oder begann es am Morgen, die Haut bestürzt
Vom rohen Wasser? (Auch ein Fahrrad mit hohem Sattel
Ist über das Pflaster geraspelt und läßt sich nicht leugnen)

Und dieser regennasse Blitz aus der Tiefe der Augen:

Jetzt wußte sie es, fast ohne Zutun
Fast, denn natürlich riß sie sein Hemd auf
Daß die Knöpfe spritzten, und sein Mund
Grub ein Feld in ihre Handfläche
Ah die Furchen über dem ganzen Leib

Es sind dann Sätze gefallen, die alles noch schlimmer
  machen

Und Schritt für Schritt über die Knie hinweg
Durch das problematische Gestrüpp des Abends
Kommt es, kommt erregt, und zögert
Und duckt sich in den Beutel der Angst
Wieder entflammt von den Fingerkuppen

(Was ist das für eine seltsame stolze Geschichte)

Bis sich die Ereignisse überstürzen
Geheimen Daten und unerklärlichen Vorfälle

Oder hat sie mit den Fäusten das magere Scheusal
erschlagen?
Und kommt, kommt, kommt wie das Amen
Ungläubige! in der Kirche.

DIE INDUSTRIE

Der Fluß, an dem ich lebe, trocken gesagt
Die staubige Spur der Steine:
An ihren Ufern grünte uns wild
(Sozusagen) die Zeit; in den Gruben
Bauten wir uns auf, bis an die Brust
Eingeplant und vernagelt
In die Gerüste –

Und entwarfen die Gegend, hin
In die Zeitungen, den glänzenden Aufriß:
Schornsteine
Weiß wie die Glieder in das Loch
Des Himmels, die Liebe
Das Einmaleins, das in die Brüche geht
Und das Gevögle der Kunst
In den Ästen:

In der mitteldeutschen Ebne verstreut
Sitzen wir, hissen Rauchfahnen.
Verdreckte Gegend. Glückauf
Und ab in die Wohnhülsen. Die Brüste der Frau
Haltegriffe in der Schnellbahn
Schlaf. Die Sonne, oder sagen wir:
Regen pißt auf Beton. Mensch
Plus Leuna mal drei durch Arbeit
Gleich
Leben.

Und die andern Flüsse, liebliche Elbe
In der Lößnitz unter unsern
Rücken der Wein gepreßt, und weiße
Sommerbäume am Knie
Der Donau – nur an der Haut fließt
Das Wasser, die Rosen
Rasch, und fern

Von dieser Spur, in der ich krieche
Und ihr
Eingekesselt (laßt den Dampf ab)
Und uns ausfüllt, und auslaugt!
Und sehn einander kaum und
(Antrag: Beschränkung der Redezeit.)
Suchen uns doch nur dort wo
(Angenommen.)
Das herreißt hinschleudert schießt
Aus dem Boden, unsere Arbeit.

Gleich
Leben, gleich!
Ich habe nur noch wenige Sommer.
Und aus den Rippen fühl ich sprossen
Die Arme
Und die ganze Haut
Greift nach den Freunden
Und mein Mund umschreibt auf deinem, Geliebte
Was kommt kommt kommt!

Daß sich unsere Spuren
Treffen (ich sehe es), ein Netzwerk
Auf das Land
Ein Meer
Sozusagen
Das kommt. Und die Ufer alle in unsern Brüsten
Betritt es mit seinem Schlag.
Schlag das Buch zu.
Die Kunst beginnt erst
Wirklich.

DIE LEBENDIGE LEICH

Da zog der Frieden grün ins Land
Die Städte lagen bleich:
Und auf den Trümmerbergen stand
Lebendig die große Leich.

Sie hielt die Hand im Sacke jetzt
Die Hand mit Blut beschmiert.
Doch hat sie noch Bein vor Bein gesetzt
Und ist wieder mitmarschiert –

Marschiert nicht mehr in Rußlands Schnee
Sondern in die dunkle Erd
Damit es mit ihr aufwärts geh
Und sie nicht begraben werd!

Sie schaufelte Kohle, und schaufelte Kies
So daß sie leben anfing
Das neue Leben, wie es hieß
Wo es mit ihr aufwärts ging!

Die Klasse klähchend auf den Knien
Schaufelte deutsch und treu
Sie war gewohnt die Disziplin
Und das Siegen war nicht neu.

Das war nur die verdammte Pflicht
Als seliger Aktivist.

Sie war dieselbe und dieselbe nicht
Die sie geblieben ist.

DER LEBENSWANDEL VOLKER BRAUNS

Ich bin an einem Sonntag geboren und verfolgt
vom Glück:
Nicht zerborsten unter den Bomben, nicht ausgezehrt
Von den verschiedenen Hungern.

Im fernen Geifer des Äthers, dem Haß
Bin ich nicht erstickt, noch vom Qualm aus den
Bücherspeichern
Dem feigen Sud der Kanzlein.

Ich wuchs an der grünlichen Grenze auf zwischen
Stadt und Land
Die langsam zerbricht unter unsern Gliedern.
Und teile meine Zeit zwischen Disteln und
Kompressoren.

(Das alles gehört mir, solange ich denken kann.)

Glück, sage ich, ich weiß wie das seltene schmeckt.
Ich habe Landschaften aufgeschlossen und durchwalkt,
ich sah die Äcker Sachsens
Zusammenwachsen und wüsten Fabriken.

Ja, ich kann von Glück reden, die Gemetzel sind fern.
Nur bis an die Haut treffen die Schläge mich.
Ich weiche nicht aus und brülle, ihr hörts, ohne
Scham.

Und ich ahne, versessen in meine Provinz
Daß hier der Welt ein Beispiel geschieht an Milde
An unerbittlicher Milde, an milder Entschlossenheit.

(Das braucht den langen Atem Millionen ruhiger
 Lungen.)

Aber ich sehe, zum Glück, daß alles das wenig ist
Und mein Tag nicht gefüllt zum äußersten zarten
 Rand.
Die Arbeiten meines Lands sind jetzt klein.

Wie gleiche ich ihm! meiner Wünsche heiterste
Sterben. Zu fern voneinander blüht unser sanftes
 Gehirn.
Und was sage ich schon. (Was hab ich zu sagen?)

(Doch meine Genossen hinter den östlichen Grenzen
 denken wie ich.)

Mit vielen lebe ich, und liefere meine Sätze.
Was sind wir allein, sage ich. *Was soll die*
 Versessenheit?
An ein Land nur verschwend ich mich länger nicht.

Und ich gehe nicht mehr gelassen unter den weißen
 und bräunlichen Stämmen
Die auf Umwegen krauchen ins mehr oder weniger
 gelobte Land
Verschieden geschieden oder sich mit Stahlrohren
 verschweißend.

(Ja, ich sage: in dieser Schlacht zueinander ist
jedes Opfer nur recht.)

Ich, gemodelt aus vieler Geschlechter Stoff
Die ich in mir spüre, einer gemischten Gesellschaft
Fortsatz
Mit gemischten Gefühlen harre ich meiner
Entschlüsse.

Für einen Augenblick im Dämmer seh ich meine
Schienbeine glänzen
Wie Totengebein, und ich liege abwesend von mir
Und ich frage mich, ob ich zuviel nicht rede

Zuviel nicht rede für unsern Kopf und Kragen.

DIE MORGENDÄMMERUNG

Jeder Schritt, den ich noch tu,
reißt mich auf.

DIE EWIGE BESCHÄFTIGUNG MIT DER ZUKUNFT

Sie sagt sich fortwährend an.
Ihre Visitenkarte: eine Kleinanzeige
In Form eines Transparents.

Frag mich nicht, was sie bringt
Abgeblätterte Aussichten.
Das ist dann das Neuste.

Sie vergißt dir gewiß die Hälfte
Wir werden alle älter, auch sie.

(Wenn schon kein neuer Text, aber vielleicht
Diesmal der gestrichne!)

Über die Schwelle der Jahre schwappt
Eine undefinierbare Brühe.

In der Zukunft kennen wir uns schon aus.

Biete ihr deinen Platz an
(Dann jedenfalls ist nichts verloren).

Sie kann längst nicht mehr wie sie will.
Sei nachsichtig, wenn schon nicht zuvorkommend:
Man muß mit allem rechnen.

Woher wissen wir eigentlich
Daß es sie gibt?

Ja, wenn sie schwanger ginge
Die Zukunft mit der Zukunft!

Vielleicht gehst du ihr doch entgegen
Auf die Gefahr hin, sie nicht zu erkennen.

Oder stehen die Türen offen
Weil sie uns schon verlassen hat?

BERICHT ÜBER DIE VERZWEIFLUNG

Als sie eintrat
Und ihre leeren Taschen ablegte auf meine Tische
Fühlte ich mich ertappt auf meiner
Un-Tat.

Die Abendnachrichten liefen vom blutigen Schirm
Und das Bett lag gezirkelt
In der unbewohnten Ecke.

Sie kam auf mich zu und umarmte mich
Sofort, als wenn sie sich nicht irren könnte

Und verschloß die Tür
Mit einem schwarzen endlosen Zwirn
Und nahm die Bilder von der Wand, aber es kam noch schlimmer:
Sie nahm die Bilder aus den Fenstern

Und die übrigen Freunde
Stieß sie vor den Kopf
Mit ihrer Stimme in der Luft
Zerrissener Vögel.

Mit dieser Frau, sah ich, kann man nicht reden
Sie hat recht
Wie eine Vorschrift
EIN FÜR ALLE MAL.

Ich sah die Dinge alle, die sie in Händen hielt
Und erhob mich ruhig wie ein fremder Planet
Der von der Bildfläche verschwindet.

Fragment

LETZTER AUFENTHALT AUF ERDEN

(Für Pablo Neruda)

An seinen laubigen Zaun, in der Dunkelheit
Klammern sich Kraken, fallend aus Tanks
Auf seinen Treppen hocken, schwitzend vor Dummheit
Die geheimen Schaben der öffentlichen Ordnung
An den Telefonkabeln wie wuchernder Rotz
Die Ohrmuscheln der Miliz, unter seinen Bäumen
Die Gewehre im Anschlag, warten Kadaver
Unsterblich in ihrer Schande, in spanischer Angst:
Aber in seinem umzingelten Zimmer der Dichter
Sagt, das ist sicher wie nie sein verbrennendes
Leben mehr, die tödliche Wahrheit.

DIE AUSTERN

(Für Alain Lance)

Ich lebe nicht oft wirklich, du seit Stunden
In meiner Küche brichst die eingereisten
(Mit viel Papieren) Austern auf, und mit
Schmerzender Hand in dem Plasteschurz

Singst du. Und die Wolfs, an nichts mehr
Denken die da als ans Fressen, was sie
Wie alles, gründlich tun. Das sind noch Menschen.
Und ich, mit viel Zitrone, betäube

Die nackten Tierchen erst und meinen Gaumen
Und schlucke mutlos, während du zwei Dutzend
Schlürfst mit Wollust und Ekel, diese kleinen
Fotzen der See. So, sage ich nun, das

Leben zwischen Gier und Abscheu
Zergehen lassen auf der Zunge, ja.

IST ES ZU FRÜH. IST ES ZU SPÄT

(Für Thomas Müntzer)

Der Sommer ist vor der Tür
Die hellere Zeit. Und starr noch
Blüht alles, die Gedanken. Wie wenig frei
Gehn wir aus uns, und hängen
In unsern Häusern. Und was sind das für Genossen
Ungleich selbst, und dulden die Räubereien
Hinter den Meeren
Oder Preußens Pfützen.

Ist es zu früh. Ist es zu spät.

Ein Loch brechen in die Reden
Und sehn, wie wir uns selbst
Zu gemalten Männlein machen. Unter die alten
Töpfe schmeißen, aus denen wir ewig
Fressen, daß wir nicht reif sein
Uns zu genießen. Das Freudigste
Im Zorn sagen
Um bei Sinnen zu bleiben.

Ich kann es nicht anders machen.

2

1975-1980

DER MITTAG

Ich liege nackt auf dem Laken
Mit meinem müden Gesicht, meinen Händen
Meiner unwirschen Brust
Auf einem weißen Laken im Mittag
Der durch die Betonwände schießt
Und meine Stühle überflutet, meine leeren Schuhe
Überrascht von einer plötzlichen
Atemlosen Erscheinung
Aus Jahren und Schrecksekunden, ich liege nackt
Und überströmt, ein alter Mann
Von Erinnerungen und Formularen
Und kenne nicht Tier noch Mensch
In ihrer strengen Unterscheidung
Noch die Beamten und die Zensuren
Der höheren Vernunft
Bin ich von Sinnen? oder im Gegenteil
Ich fühle mich leben
Weit entfernt von den vorgedruckten
Versammlungen und vollsynchronisierten Berichten
Da bin ich gestorben, das ist die Wahrheit
Und ihr seid es für mich
In den unterwürfigen Tänzen
Die das Fleisch gefrieren lassen
Aber ich fühle mich leben, weit entfernt davon!
Meine Artgenossen, das ist die Wahrheit
An diesem plötzlichen Mittag
Der mich durchstürzt

Und ausräumt, in meiner Abwesenheit
Auf einem weißen Laken
Und ausfüllt mit seiner leuchtenden
Klarheit.

DER TEUTOBURGER WALD

Die Hügel nahe sind entfernt vom Wetter
Naß die Fichten, keine drei Schritt vor mir
Wegtretend im Nebel, der Wanderweg
Empfiehlt sich in das Nichts. Glitschig am Fuß
Und waldursprünglich aus dem Hinterhalt
Geschichte, die Gräber im letzten Dickicht
Wie kauernde, in Reih und Glied, Soldaten
In Schlamm versinkend offnen Augs blind:
In meinem Alter mein Herr Vater fröhlich
Im Eilmarsch von Sachsen bis Niedersachsen
Verschossen in den Krieg, die Fahnenjunker-
Anwärter (auf dem Grab: Anwärter), er
Freiwillig meldet der sich, englische
In dem Gestrüppe! Tanks anschleichen, das
Am letzten Schlachttag, war sein Oster-
Denn Ostern wars, spaziergang in den Tod.
Die Vöglein schweigen im Walde, warte nur.
Was soll ich sagen, bald könnt ich sein Vater
Sein, und war einst vor was weiß ich viel Jahren
Mit vielen Brüdern um den Urmensch, eine
Idylle mit geladenem Gewehr
Auf der Veranda, das er uns erklärt
Vorweg, den äußerlichsten Mechanismus
Seines Ablebens. Und der Wald steht stur
Über den Gräbern, die auf Gräbern ruhn
Sinds Wurzeln oder Beine fleischlos kalt
Die mir ein Bein stelln und worauf ich geh

Mit meinem deutschen Bauch auf römischen Zehn
Die in Legionen knirschen unterm Schuh:
Die andre Schlacht wie gestern. Aus dem Laub
Im Hünenring die Freunde stochre ich
Auf in die Schlüfte, Armins Haubolde
(In Rochwitz unser Fleischer: Haubold, ja)
Drei Nächte sind wir, ausnahmsweise, einig
Aus Hängen sausend, und die Schlägertrupps
Aus Rom liegen ein Jahr den Krähen.
Von da bis heute alles Nebel hier
Das Denkmal selbst, Hermann mit Preußens Kraft
Unsichtbar in der Suppe. Das beweist nichts
Und nichts beweist was, Grabbe nebenan
Soff sich tot im Gasthof Zur Stadt Frankfurt
Nicht ohne daß er, die erfolgt war, die
Freiheit des Vaterlands für seine Fürsten
Und ihm blieb nur ein kaltes Weib, ein Giftzahn
Lorbeer auf sein Leichenhaupt und lebend
Ihn anpissen! besang. Das
Alles noch tief im Wald. In diesem Detmold
Im Pornofilm Thusnelda, sah ich, kaut
An Hermanns Schwert und war nicht seine Braut.

EMPFANG BEIM WÜRDENTRÄGER

Er empfängt mich früh um zehn
In seinem fast leeren Raum. Er begrüßt mich
Wie einen alten Bekannten. Er ermuntert mich
Durch sein Beispiel und seine enormen Sessel
Die gewohnte militärische Ordnung meines Körpers
Aufzulösen. Er lächelt zufrieden.
Er macht einige vertrauliche Bewegungen
Auf meine Herzgegend zu, die mich locker machen.
Er sieht sich geduldig an, was mir auf den Nägeln
  brennt.
Er betrachtet interessiert meinen unförmigen Kopf
Der mich am Reden hindert
Und will veranlassen, daß mir die Pommersche Mütze
Abgenommen wird und die Spanischen Stiefel
Die ich höflich unter dem Tisch
Verborgen hielt. Ich deute aus dem Fenster
Auf die verwickelten Gänge des Lebens, wo sich
Meine Hoffnung verlaufen hat. Er bewegt nur
Das Kinn, und sie findet sich wieder ein.
Er beschließt in einem Satz von circa zehn Worten
Eh ich mich entschließe auszuatmen
Meine Angelegenheiten in den verrotteten Städten
Zu regeln. Verstrickungen
An Ort und Stelle unentwirrbar für einen wie mich
Löst er mit einem Strich auf der Manschette.
Er nimmt mir alle Sorgen vom Ast
Mit einem Kaffeelöffel, den er auf den Tisch haut.

Als er mich hinausgeleitet, umarmt er mich.
Als ich auf die Straße trete, schrumpfe ich auf die
Größe einer Laus.

SHAKESPEARE INTERLINEAR

Ich bin es müde und will meine Ruhe.
Statt anzusehn, wie Leistung betteln geht
Und Dürftigkeit sich trimmt zu Festtagsschmu
Und Selbstvertraun nicht zu sich selber steht
Und Ehrenspangen schamlos mißplaciert
Und Jugendgradheit rasch verkommen muß
Und wahres Können in den Dreck geschmiert
Und Stärke absackt in den Machtgenuß
Und Kunst von hohen Stellen stumm gemacht
Und Dummheit (amtlich) kontrolliert den Geist
Und bloße Wahrheit als naiv verlacht
Und der Geführte folgt der Führung dreist:
All dessen müde, wünscht ich, daß ich wegwär.
Nur fänd ich, ging ich, keine Liebe mehr.

DIE GUMMIKNETERANLAGE

Abgesehn davon, daß er was anderes lieber täte
Z.B. im Flußsand liegen mit auseinandergefalteten Beinen
Im letzten Jahrhundert, das die Bäche noch nicht
Zumauern muß, abgesehn davon

Na klar, will er sich liebend gern
Zur Verfügung stellen, mal ausgeklammert seine
Zerknautschten Knochen, die Lungen, sein Gefühl
Will er hier bleiben im heißen staubigen Dunst

Und abgesehn davon, daß gesagt wird, daß das ganz anders wird
Und von der grauschwarzen Dreckschicht auf der Maschine
Von den verbrannten Pfoten (100 Grad), aber was rede ich
Ihr seht ihn in den Walzensaal tappen pünktlich wie ein Gespenst:

Also würde ihm etwas fehlen, ganz abgesehn
Vom Zaster, von der Gewohnheit, von dem Geflachse
In der Blauen Tür, na und? und von den Weibern
Die auf den Gummiplatten lehnen mit vorgereckten Knien

Ganz abgesehn davon! und daß das sein Werk ist, und ungeachtet
Er es aus Bewußtsein tut, aus der Notlage heraus
Aus Blödheit, also aus Bewußtsein, ungeachtet
Dieser Ausreden, ich mache es kurz, braucht er das

Weil er hier bestimmt, was mit ihm passiert und uns
Mal unterschlagen die Bedingungen, Vorgaben, Quälereien
Am laufenden Band, den einkalkulierten Irrsinn
Herrscht er hier, mal ganz abgesehn davon

Daß er sich kaum beherrschen kann, und daß ihn das einmal umbringt
Im beißenden Gestank, im Gehämmer, in der verschifften
Kleinrationalisierung, reißt er seine Stunden runter
Ungeachtet dessen, daß er nicht weiß ob ihn einer versteht

Wenn er sagt, daß das sein Leben ist
Und mal vernachlässigt, daß er nichts Besseres weiß
Als neben den Kollegen zu stehn und sie neben sich zu wissen
Und ganz und gar abgesehn, daß ers ihnen nicht sagen wird

Und daß er weiß was er sagt
Und nicht weiß, ob euch das helfen kann, Kameraden
Ist er immerhin bei nichts anderem so bei sich
Einmal abgesehn davon, wie es anders wäre.

HÖHLENGLEICHNIS

Gezwängt in die Versteinerungen unserer berühmten Höhle, in der wir seit 5000 Jahren hocken, waren wir (nach schier aussichtslosem, von den meisten längst aufgegebenem Training der Halsmuskulatur und Rückenwirbel) seit den Detonationen der letzten sagenhaften Kriege immerhin beweglich genug, daß wir uns herumwenden konnten, um durch den Ausgang in das grelle Licht zu blicken. Das Licht, das bekanntlich die Schatten verursachte, die wir bislang als Beleg unserer minimalen Bewegungen wahrgenommen hatten. Als wir jetzt aber ins Freie sahn, war es nicht hell. Die große Lichtquelle, die uns aufgehen sollte, ja die immer wieder etliche seit jedem neuen Jahr Null angebetet hatten, war nicht vorhanden. Es war auch kein Ausgang da, sondern hinter uns kauerten andere Leute, wie andere immer vor uns kauerten in der selben Dämmerung. Offensichtlich mußten unsere Körper selbst oder die Bewegung der Körper ein schwaches Licht ausstrahlen, das, summiert, uns schattenhaft und flüchtig festhielt an den Wänden. Überrumpelt von dieser Entdekkung wollten wir uns wirklich halten an den Wänden – und griffen verblüfft und erschüttert ins Leere bzw. fielen vornüber in eine Menge Gerümpel, das wir besaßen. Wände also auch nicht! so hatte es kommen müssen. Wir sitzen hier 5000 Jahre in der Höhle, und sie hat keine Wände! Das war keine Höhle, dafür waren wir Logiker genug. Wir hausten womöglich so unglücklich gruppiert, daß wir uns mit unseren Vorstellungen und Apparaten selbst umbaut hatten und jeder aus seinem Winkel in einen unzersprengbaren Raum zu blicken glaubte. Einen Raum von Fakten, von steinernen Gesichtern. Es war nun nicht so, wie einige von uns dachten, daß wir uns aus dem Laden einfach erheben konnten. Bei den ersten Versuchen, uns eilig und entschlossen hochzureißen, fühlten wir uns alsbald wie mit Ketten an den schleimigen Schutt gebunden und zurückgerissen, zumal sich die meisten nicht ruckten auf ihren Erdteilen, und standen schwitzend und, um den schneidenden Schmerz zu lindern, geduckt in den Kontaktzonen, Überleitungsphasen, Ausfallzeiten, bei der rechnergestützten Ermittlung abrechenbarer Verpflichtungen. Die aber den Schmerz nicht scheuten und sich lieber den Kopf einrannten an den herumragenden rostigen Verhältnissen und Stillhaltepraktiken als wieder in die Hocke zu gehn, richteten sich ganz auf und leuchteten für Momente grell, besonders ihr Großhirn wie eine phosphoreszierende Masse, und unsere stummen und halbherzigen Bewegungen waren schwarz und beschämend deutlich auf das ganze Inventar zurückgeworfen, bis die Körper dieser Jünglinge von Stricken quer durchschnitten und verbrannt zwischen unsere Nagelscheren, Tabellen und Nabelschnüre rollten. Darüber begannen wieder Jahrhunderte zu vergehn voll neuem Schutt, geplanten Kosten, Kunstersatz und normativem Gespeichel. Aber in dieser Zeit begann ein neues, härteres Training, des schmerzhaften und wunderbaren aufrechten Gangs.

LARVENZUSTAND

Ich nehme mir was ich brauche
Sagte der Mann, der mir glich
Und was mir soviel hilft wie ein Wisch
Wie ein Wechsel, wie eine Schweigeminute
Ich nehme es mir von euch
Sagte er und sah mir aus den Augen
Ob ihr etwas übrig habt oder nicht.

(Er hatte gut Reden, und es waren meine Worte.)

Ich bin mir nicht zu gut, denn es geht mir zu schlecht
(Ich verstand ihn genau), ich sage nicht
Daß ich von diesen Leuten nichts nehme!
Woher denn sonst? wenn nicht aus ihren Händen
Ihrem verworrenen Garn, ihrer Tinte
Mit der sie sich foltern, ihren Zungenküssen
Ihren Gebärden, ihren Gebäuden, ihrem Gebräu!

Ich helfe mir, sagte er
Aus meinem trockenen Mund: mit den möglichen
Augenblicken, in denen sie sich berühren
In ihrem medaillenverdächtigen Einsatz
In der gelungnen Umarmung, selten genug!
Ich nehme es wo ich es kriege
In ihrem bescheidenen Sträuben, sich gut zu sein
Ich behelfe mich so und nicht anders

Rief er (und es waren meine Worte:)

Notfalls reiße ich es
Aus ihren Gurgeln, den notorischen
Labyrinthen der Brust (und er griff in meine
Und zerrte mich halb hervor:) und nehme mir, wie gesagt
Was ich nun einmal brauche
Und so wie es ist
Murmelnd und blutend und zuckend
Von seinem letzten besudelten Laken
Oder von seinem ersten
Auf dem es unwissend lächelt wie ein Professor des Rechts:

Notfalls also, und schlimmstenfalls
Breche ich in einen Schädel, der längst leer ist
Von seinem rasenden Gewölk, und stochre in den Kiefern
Und Augenhöhlen nach der falschen Bilanz
Und kitzle aus dem zerbröckelnden Steiß
Seine versessene Lust, seine demokratischen Exzesse
Oder den eben (sagte er mit meinen Worten)
Zerschlagnen winde ich, was sie
Nicht mehr retten kann, aus den zerfetzten Fasern!

Rief er, und wenn ich so weit gesunken bin
Mir meinen Tod zu berechnen
Eine sanfte eindeutige Lösung
Ziehe ich, was ich brauche ihn zu begreifen

Aus jemandes Zukunft, der erst noch geboren wird
Wenn er der üblichen Absaugvorrichtung entgeht
Aus einem gewölbten Bauch, einem Samengemisch
Woraus ein zartfüßiges Wesen wächst
Das uns noch ähnelt, aus Anhänglichkeit
Wie der Falter der Larve:

Du Larve, schrie er, in deinem Larvenstaat
Daher nehme ich es, aus allem und nichts
Das erst etwas werden soll, das höchstens beginnt
Aus dir zum Beispiel, aus deinem grinsenden Grimm
Deinem Entsetzen über den täglichen Einbruch der
  Nacht
Deinem politischen Schweiß, deinem eingenähten
  Verhängnis
Ein Mensch zu sein vom Morgen bis übermorgen
Verstehst du? dem geholfen werden muß
Damit er am Leben hängt und nicht am Strick
Der einen Namen braucht, einen Beruf
Und Zucker in seinem Brei, damit er die Welt versteht
Und Girlanden am siebten Oktober oder, warum nicht?
Am siebenten Mai, an dem du geboren bist!

Wer redet von mir, sagte ich
In sein Gesicht im Spiegel, warten wir ab
Warten wir, bis ich in der Erde liege
Wie wir dann miteinander stehen!

Wenn du noch warten kannst, sagte er grob
Kann dir noch geholfen werden: ich kann nicht warten

Und das sind deine Worte, sagte er
Genosse, mit deinen Schüssen im Kopf
Und diesen Pässen im Anzug, die dich ausweisen
In diesem und aus allen anderen Ländern

Und anderen Hoffnungen, die von hinnen fahren
Und Revolutionen, mit denen einem

Mit deinen Worten gesagt, geholfen wäre
Für einige Stunden, für seine Geburt
Für ein Referat oder, wegen mir! seine Ruhe

Daß er herauskommt aus seiner Larve, mit allen
heraus
Und ich ihn nehmen kann, wen sonst?
An meine Brust, um mir zu helfen, um mich zu retten!

Sagte der Mann, der mir aus dem Herzen sprach

Und verschwand in meiner Zirbeldrüse
In meinem Überdruß, in meinem Schweigen

In meinem Hilfeschrei

In meiner Larve.

DEFINITION

Die Suche nach dem Stoff (zum Schreiben, zum Leben), um gegebenenfalls den Tod zu finden. Die Mechanismen des Zeitalters auseinanderschrauben, die Beziehungen zerfasern nach dem geheimen Blut der Geschichte. Gestorben für die öffentliche Ordnung, die Arbeit im Untergrund, im Gedicht. Dem Tod, dem klapprigen Kumpel, die Losung aus den Zähnen reißen, wo sie jeden Sinns bar ist: GLEICHHEIT. Zugleich die Empfindung der Machtlosigkeit der Worte, weltweit auf dem Strich durch das Leben (EGALITE, EQUALITY, РАВЕНСТВО), während wieviel? weiteres Blut ausfließt erblaßt in der Haut verfault in den Schläfen. Was kann mir helfen? Die Begriffe laden sich auf zu ungeheurer Spannung, die Reden Artikel Kommuniqués als Isolierband im Hals, daß der Verstand nicht durchbrennt. Allein in meinen Sätzen, und nur wissen, daß sie auch abgesucht werden durchforstet zerrissen von den andern, um den Stoff zu finden, der im Gefühl verschwimmt, das uns aus den Poren bricht, ein internationalistischer Schweiß. Die anderen die Gleichen: die langsame Formel, die mit Leben zu füllen ist womit womit womit? oder vom Tod.

RECHTFERTIGUNG DES PHILOSOPHEN

(Für Wolfgang Heise)

Aber Marx wußte was er sagte, was weiß ich?
In diesem neunzehnten Jahrhundert, voll
Von nackten Tatsachen, und keine Kunst
Die sie auffraß, sah man noch durch
Auf den Tag, an dem die Ketten reißen.
Was immer kommen mußte, schrecklicher
So rettender wars. Das hätte schwächeres Fleisch
Befeuert fortzudenken. Die große
Gewißheit der Klassiker und die langen
Gesichter der Nachwelt. Wohin soll ich denken?
Nach vorn immer durch den Vorhang von Blut
Der Blick auf die Kulissen und nicht hinter.
So viele Kunst und hat nichts zu bedeuten.
In der Vorstellung verbrauchen sich die Köpfe.
Was immer kommt ist besserschlechter oder als.
Was mir die Augen, öffnet nicht die Lippen.

DIE STUFEN

Ich sehe alles ein. Ich lebe gern.
Arbeite esse rede. Aber was
Ist das woran mein Kopf stößt und ich steh
Betäubt. Und mir den Atem wegnimmt wenn ich
Bloß gehe. Schritt vor Schritt
Um nicht zu stolpern falln den Hals zu brechen
Hinab oder hinauf, die Knochen schneller
Als der Verstand, oder viel verstehend
Hocke ich da, lachend über die Gangart
Der Mitbürger auf dem selben Terrain
Das sie trickreich bewohnen. Was zum Teufel
Kratzt mich untern Sohlen auf dem Marsch
Ins Morgen. Gestern wußt ichs aber heute
Muß ichs lernen. Stufen. Der Abgrund
Ist zugeworfen mit dem Dreck der Kriege
Der Himmel eingerollt, die falsche Fahne.
Aber der Boden, eigen schon und fremd noch
Ist abgestuft wie eine Himmelsleiter
Oder Kellertreppe, Mensch und Mensch
Einen Kopf kürzer oder länger, wie sein Amt ihn
Hebt oder staucht. Sein Amt ist seine Arbeit
Die eine reißt den Plan auf das Papier
Die andre frißts und macht sich keinen Kopf drum:
Die eine hat ihn. Kopf Hand Schwanz
Hängend wie fremdes Fleisch, Gliederpuppen
Zerrissen von dem Zwang, nur eins zu tun
Zu *sagen* oder *machen*, Chef und Kuli

Zählebend. Ich sag nichts gegen Buckel
Schiefohren oder Zungen, die wachsen
Auf dem gestuften Mist. Mich läßt das Grinsen
Der Unterdrückung kalt: das seh ich ein
Wie gesagt, ich lebe gern.
Rede esse arbeite diese Arbeit
Die sich zerreißt bis wir sie ausreißen
Ein Jahrtausend für den Job, die Grenzen
Die sich nachziehn seit Olims Zeiten
In den Staat, gekränkt der ganz von Stufung
Die Seuche, an der unsre Macht krankt und
Sie zum Gespenst macht das auf Mauern geht.
Das ist viel, doch alles.

MACHU PICCHÚ

Es war vermutlich so: (aber wir sind
Sonstwo wo immer sonst, Salud, Genossen)
Sie hatten in der lichten Frühe noch
Auf den Terrassen wimmelnd Mais geschnitten
Das Wasser floß in den intakten Röhren
Hell auf den Gipfel: alles war bedacht
Von Staats wegen in ausgesuchten Köpfen.
Keiner litt Hunger Jeder gab sein Bestes
Angesichts der Meinung über ihn
Die man ihn wissen ließ, und raschen Todes.
Die wissenschaftlichen Zentren ausgelastet
Mit Routinearbeit an den Mörsern
Die *goldne Zeit*. Sie hockten abends
In schönen Steinen, kulturell umrahmt
Von Flöten oder zugelaßnen Witzen
Über die Allesseher im besetzten
Freundesland. Der Priester grüßte
Vom Balkon den untergehnden Gott
Da kam die Weisung aus dem Mittelpunkt
Der Welt, an DiemitdengroßenOhren
Und abwärts die Stufenleiter, Chefs der Truppe
Sitzend auf Tausend- oder Hundertschaften:
In Krieg zu ziehen. Wie gewöhnlich
Kein Diskutieren an der Basis, nur
Berichte aufwärts klimmend diese Tour
So war das: (und wir sind, Drushba, Genossen)
Man schlich von dem Gelände, rätselhaft

Dies Machu Picchú leer auf seiner Höhe
Die Frauen blieben, bis sie sich begruben
Die letzte selber sich im Grab der letzten.
Dann wuchs der Wald darüber. Was weiß ich
Der Krieg war gegen Spanien, Heißsporne
Aus dem zufälligen Kastilien tappten
Im Busch, die weißen Boten Gottes, ein-
Geplant im Glauben längst, *erschienen*.
Auf dem Thron im Eisen der geprügelt
Vor seinen Blicken seine Fraun verspundet
Preßten sie Gold wie Badekiesel aus ihm
Indem die Indios spurten, so gelernt
Demut wie Atmen. Endlich im Außendienst
Raffte der Inka anstatt Gold die Seinen
Gegen den Feind mit furchtbaren Kehlen
Die Spanier bleich, mit nichts versehn als ab-
Gehackten Köpfen, in ihr Camp geschmissen.
Danach gefiels dem Inka abzuziehn
Ins Dunkle, kopflos seine Heere, heißt es
Lösten sich auf wie Rauch.
                                        Dieses Verschwinden
Die lebenslosen Höhen seh ich kalt
Und ohne Trauer. Dies Versinken ganz
Ins Nichts hinweg, und nicht Zyklopenmauern
Halten das Leben, das den Tod in sich hat.
Hab ich gesagt: so wars. Ich seh etwas
Das du nicht siehst, Genosse, das sieht grün aus
Wie der Wald, der aus den Knochen wächst.
Der tote Platz meine geheime Freude
Meine Freude geheim auf jedem Platz

Im Rätselhaften, das die Lösung sucht
Den einen Fehler, der den Bau zertrümmert
Bis in den Grund, und grün ein fressender Filz
Zermahlt ihn die Natur ES WAR EINMAL.
Es war dies Machu Picchú, das mich freut.

DU BIST VERLOREN: NUN GENIESS DEN HOHN

I

Du bist verloren: nun genieß den Hohn.
Fall von dir ab, verrate dich, bereu.
Was schreist du, Toter? fast vergessen schon.
In deinem Beispiel erst lebst du aufsneu.

II

Du hast alles. Du bist längst am Ziel:
Da ist es keins. Falle von deinem Posten
Wieder ins Nichts: die Woge unterm Kiel.
Nimm auf die Schulter deinen Grund, Genosse.

III

Du hast geirrt. Gesteh den Fehler ein
Eh ihn dein Tod nennt. Nenn ihn deinen Tod.
Dein Fehler ist, was heut zählt. Morgen schon
Du weißts, zählt deine Tat allein.

IV

Täusche dich nicht. Du gehst in meiner Haut
Mein Atem dein Gedanke. Keinen Sinn
Weißt du als in mir. Du kämpfst weil ich bin.
Dein Blick leer ohne meinen, der dir blaut.

V

Nun zögerst du die Worte von der Lippe
Vom Morgen, die du gestern ausgelernt.
Die Zukunft greifend, hat sie sich entfernt
Ins Täglichste: immer auf der Kippe.

VI

Du ziehst den Kopf nicht aus der Schlinge: hänge.
Jetzt erst erblickt dich die verdammte Menge.
Aus deinem Widerspruch zerrissen spricht
Die Welt. Darunter machst dus nicht.

VII

Geh jetzt ins Dunkle: werde selbst das Licht.
Du mußt das tun, was keiner kann. Entzweie
Dich von dem toten Leben. Sorge dich nicht.
Wenn du fällst, wachsen die Schreie.

VOM BESTEIGEN HOHER BERGE

I

Jetzt sind wir höher als die Baumgrenze geklommen
Aber der Wald hat zugenommen.
Jetzt haben wir das Lager errichtet
Unter dem Gipfel: den keiner mehr sichtet.
Jetzt hängen wir am Seil ungelenk
Um nicht abzustürzen beim nächsten Schwenk.
Jetzt geht es nicht mehr vorwärts in dem ewigen
Schnee
Formulare/Kies/Versprechungen/kalter Kaffee
Das reicht uns bis an den Schritt.
Jetzt schleppen wir jeden Tag den Berg mit.
Jetzt hat uns die Höhenkrankheit befallen
Und jeder sieht sich verfolgt von allen
Bis in die Betten und Bilanzen.
Jetzt kämpfen wir gegen Wanzen.
Jetzt übersteigen offenbar uns die Wege
Mit ihrem Geröll/Eckziffern/Privilege
Jetzt steigen wir über die Mitarbeiter
Erobernd einen Platz auf der Leiter.
Wo wollen wir eigentlich hin.
Ist das überhaupt der Berg, den wir beehren
Oder eine ägyptische Pyramide.
Warum sind wir so müde.
Müssen wir nicht längst umkehren
Und von unsern Posten herabfahren.
Und uns aus den Sicherungen schnüren
Denn dieser Weg wird nicht zum Ziel führen.

Tappen ins Ungewisse, aus dem wir aufgestiegen waren.
Die Reibung unser einziger Halt.
Tagelang arbeiten, um einen Zoll zurückzugehn
Verschwinden, um zu bestehn.
Aufstieg gleich Abstieg, heiß kalt.
Und den Gipfel in wieder erreichbarer Ferne zu sehn.

2

Und nun schrein die Arschlöcher, die nie einen Schritt
wagen.
Was hat das zu sagen.

DER MÜGGELSEE

Aber am schönsten ist

Von des schimmernden Sees Traubengestaden her

in der Zeit Wirre
Die die Freunde verstreut roh
Vom Herzen mir, eins zu sein
Mit seinem Land, und

Gedacht
Mit Freunden voll das Schiff, fahre ich
Fort in dem Text, den der Ältere
Verlauten ließ, an einen anderen Punkt.

und auf den Bänken Bernd
Still lächelnd, Reiner, gebleckttes Gebiß
Wolf schreind ein freches Lied
Und wir säßen im selben Boot

Auf der selben Welle noch, vor welchem Ufer
Ist mir egal und sei es getrockneter
Mist in Preußen, du kämest, Freude

Volles Maßes auf uns herab!

Aber ich fahre hin, an den dunkleren Punkt
Der Geschichte, der ein froh Gesicht

Verzieht zur Fresse, und die beschämend
Schöne Natur geschenkt

und Sarah vom siebzehnten Stock
Stürzt über die Mauer, ihr Liebes-
Lied voll Raben! Raben!
Schwarz, unter Wasser.

Geblähte Fahnen. Aber aus dem Kahn
Kippen sie, die der Kurs fremd
Ankommt, oder von sturen
Schlägen gewippt in die Brühe.

Fröhliches Wasser

Und sie gehen unter
Aus dem freudigen Text in den bitteren hier
Den ich knurre, ein Gram
Nicht des Schweißes wert.

SCHWESTER DES PROMETHEUS

Während schon etliche eingingen in den
Himmel der Ruhe. Abstreifend grinsend
Am Torbalken die Last, ganze Scharen
Von aufgeklärten Weibern Engel
Funktionäre flügelleichte Götter
Das war der Trend. Man destillierte sich.
Starrend auf seinen Nabel, redend von Frieden
(Während der Tang-Zeit, tausend Jahre vor uns)
Mullbinden auf der Seele und den Augen.
Kuan Yin, den Fuß schon halb, melden
Die Bücher, im süßen Nichts, aber
Hörte den Schrei der Welt und stürzte
Zurück in die Menge

ITALIENISCHE NACHT

Pappelschnee auf der Piazza / aus den Straßen Getöse /
Auf das gemietete Bett fallen wir beide zugleich
Nach dem Mahl / TORINO, GRANDE TORINO, die Schreie
Der begeisterten Fans / und das Grabtuch des Herrn
Präpariert für die Blöden / die Suppe unter den Bäumen
Spargel, Tomaten und Fisch mit den Genossen / verrückt
Streut sie die Kleider umher, das Bettuch über die Dielen /
Schwarz die gelogene Spur aus den Wunden der Brust /
Und dieser Lärm, I GRANATA SONO CAMPIONI D'ITALIA /
Und erst bei Sinnen vom Wein nackt, in dem Lampenlicht /
Vino Dolcetto / Pappelschnee auf der Pizza / die Dächer
Seh ich plötzlich bewohnt / und diese Blicke voll Lust
Auf den Abdruck des Leichnams, die Küsse / und schwärzlich unsere
Hände und Füße echt zeichnen sich ein in das Tuch /
Pappelschnee auf deinem Schoß / LA GIOIA GRANATA E'ESPLOSA /
Laß das Fenster auf! sagt sie: *damit man uns sieht.*

LUSTGARTEN, PREUSSEN

Das Gras gepflastert.
O Schweiß der Ämter, die Weisheit
Des Volks demselben, eh sie
Zitiert wird, einzu-
Rammen in das Gemüte.

AVIGNON

Ich lief betrunken auf der alten Brücke
Von der es heißt: *dort tanzt man Ringelreihen*
Nichts ahnend als, das Ding führt übern Fluß.
Nach hundert Metern trat ich in die Leere
Die abwärts hing hinter dem vierten Pfeiler
In Flußmitte. Das Wasser schien mir warm
Geheizt vom Abwasser, stinkend, aber
Am Grund von flachen weißen Steinen flimmernd
Wo Oleander oder Zedernarme
Mich auffingen

Die Wesen dort am Platze
Saßen an dichten Tischen, eingedeckt
Mit Muscheln Krebsen Käse zum Rotwein.
Noch eh ich einen Fuß am Boden hatte
Küßte man mich rechts und links auf die Kinnbacken
Das war mir fremd. Sie fraßen ausführlich
Mit lockeren Bewegungen und Sätzen
Andere in der Hocke schnarrten
Auf Spazierstöcken die Marseillaise.
Aus ihren Kleidern glitschten Brüste und Nabel
Daß mir das Wasser, unter Wasser, aus
Dem Mund troff:

Ich vergaß beinah
Wo ich mich derzeit aufhielt. Die Griechen
Wußten hier im Ausland den Eingang

Zur Totenwelt: ich wußt es besser, diese
Unter Normalnull, leben hier wie Gott
In Frankreich. Satt voll singend
War ich bekehrt gleich zu dem Glauben
An nichts, als was ich griff mit meinen Lippen
Oliven Augen nackte Sätze, un-
Verkleidet, wie im Wasser üblich.

Dann lag ich in den Algen, meine Knie
Zwischen zwei andern, eine Einwohnerin
Nahm mich ins Gebet. *Wir kennen keine*
Sprach sie, *Sünde, nämlich keine Strafe*
Vor der ihr oben zittert. Uns kann keiner
Fuhr sie fort, ihr Mund an meinem Leib
Töten, noch zu Unbeliebtem nötigen
Wir fließen durch die Grenzen. O Mann
Wir leben nicht für morgen sondern heute
Was heute: jetzt! drang sie in mich, ich aber
In sie ein, *nicht die reine Fahne*
Über den Köpfen, unsre Haut
Ist das Banner, mit dem wir marschieren!

Ich mühte mich, auf meine Art, plump
Sie zu verstehn, doch blieb sie kalt
Wie andrer Fisch, mit angemaltem Lächeln
Und klammert sich an meinen Strohhalm
Flötend: *Mach dir nichts draus*
Wir fühlen nichts, oder wie Katzen, die
Mit Schmerz empfangen und mit Wollust werfen
Ohne ein Leid sind wir ohne Freude

Indem wir unter Wasser sind, am Leben
Hängend wie die Raupen, aber tot

So sprach die Beiwohnung, und ich zog aus

Ach wären wir an euerm Platz, im Offnen
In der Luft! wie würden wir verkehren
Totes in Leben. Ich schlug auf den Strand.

DIE NACHT GEHT AUF

Mademoiselle mit einem blauen einem gelben Schuh.
Sie haben die Füße verwechselt, Kind. –
Ihre Zunge steckt noch im Mund, wie. Sie haben
Die Lippen verwechselt. – Oh, Madame.
Sie hinterläßt eine grüne Spur
In der Nacht.

DER ARBEITSLOSE

Die Locke hängt ihm in die bleiche Stirn
Als wie sein dicker Leib in den Gebüschen
Worin die Penner sonst ihr Bierchen zischen.
Hoch oben leuchtet weiß der Firn

Des allzu hohen Amts, auf das er lief
Weil er sich schämte seiner vielen Hände
Die wie Gezweige hingen im Gelände …
Sagte ich hohen? er fiel tief.

Er sucht nichts mehr im ruhigen Revier.
Er ruht nun wie nach eingeschlafner Schlacht.
Wie doch der Müßiggang so müde macht!

Er hat sich angepaßt dem Frieden hier
Und ebenerdig an dem Wandelstein
Liegt angeschmiegt sein blutiges Schläfenbein.

BLUT IN Bolivien
In Polen Streik
Und der 3. Weltkrieg im Wohnzimmer
E LA FAMA? E LA FAME?

DAS LEHEN

Ich bleib im Lande und nähre mich im Osten.
Mit meinen Sprüchen, die mich den Kragen kosten
In anderer Zeit: noch bin ich auf dem Posten.
In Wohnungen, geliehn vom Magistrat
Und eß mich satt, wie ihr, an der Silage.
Und werde nicht froh in meiner Chefetage
Die Bleibe, die ich suche, ist kein Staat.
Mit zehn Geboten und mit Eisendraht:
Sähe ich Brüder und keine Lemuren.
Wie komm ich durch den Winter der Strukturen.
Partei mein Fürst: *sie hat uns alles gegeben*
Und alles ist noch nicht das Leben.
Das Lehen, das ich brauch, wird nicht vergeben.

3

1981-1987

VERBANDSZEUG

Wohin trottest du, Freund? / Zum Haus des
Verbandes. /
Was liegt an? / Versammlung, Kollege. / Ich eile;
Und worüber streiten sich heute die Meister
Einmütig? / Übers Erfassen der Realität. /
Wessen? / Der Realität. / Ah ja richtig
Das fehlte uns noch. / Du kommst mit? / Man weiß
halt so wenig
Man faßt es nicht, und dann kommt man nicht richtig
zum Ende
Sag ich dir, dabei haß ich die unvollen-
Deten Geschichten! / Die werden wir fertigmachen. /
Ich sagte, ich eile.
Wir gingen ins Haus
Er auf das Podium, in die Sauna ich.

SELBSTBILDNIS MIT HITLER UND STALIN

Vom Vater hab ich die Montur
Des Lebens dumpfes Führen
Vom Mütterchen die Rohnatur
Und Lust zum Schwadronieren.

PANKOWER ELEGIE

Ruhig sammle ich in mir Zärtlichkeit, wie die Tropfen
Schweiß, die genug von der Brust abwärts ins
 Schamhaar gerannt.
Eins aber ist abscheulich – aber kann ich es sagen
Schon bin ich überschwemmt! – wenn in dem
 schönsten Moment
Und wem sage ich das an meine Seite gekuschelt
Sorge im Nischel schleicht und meine Fasern empört.
Nur der bloße Gedanke. Wir wechseln sichere Küsse
Und benutzen die Nacht, lauschen … ich meine: sie
 lauscht
Und saugt gierig die Worte, um sie werweißwo zu
 wieder-
Holen. Abscheulich ist dieser Verdacht. Aber so
Ist nun die Welt, genieße. Und zutraulicher jetze
Ziehe ich sie ins Schilf vor meinen Lippen, mir
 kommts
Nicht in den Sinn, sie ohne Nachricht zu lassen. Die
 braucht sie
Nämlich wirklich, daß ihr Hören und Sehen vergeht

DER FRIEDEN

Langsam wandelt die schwarze Wolke
In den Fenstern die
Arschruhe, feist und zu-
Frieden in der einzigen Haut
Frieden
            du weißt nicht was du sagst

FREIHEIT FÜR GRÖNLAND SCHMELZT DAS
  PACKEIS
STELL DIR VOR ES IST KRIEG UND KEINER
GEHT HIN in Amsterdam
ENTRÜSTET EUCH

Der in Waffen geht hoch
Gerüstet, in der
Bombenstille und

Der Wald neigt sich, der Strom fliehet, und ich
Falle nicht auf mein Angesicht?
Herr Herr Mensch barmherzig und gnädig
Ihr Nahen, erbarmt euch eurer.

Wir trafen ihn montags auf dem Weg zur Arbeit. Er sah schlecht aus, hager, irgendwie rostig. Er ging gebückt unter der Last der Eisenplatten. Wohin des Wegs, Kollege, sagte ich. Er balancierte auf der Bordsteinkante, den Kopf zum Himmel gekehrt, den er musterte. Das scheppernde

Geräusch des Eisens oder womöglich seiner Gliedmaßen mußte meine Frage verschluckt haben. Jedenfalls des gleichen Weges, sein Rasseln vernehmlich neben uns. Man wird doch fragen dürfen, rief ich. Keine Antwort. Wir wollten weiter, verfingen uns aber in den Drähten, im Gewölle, das er hinter sich herzog. Stacheldraht, aufgewühlter Schotter. Da haben wir dich, murmelte ich, und was haben wir da. Nichts als Schererei. Die Mühe. Er sah sich um, und jetzt sah ich das graue narbige Gesicht. Die aufgerissenen Augen, völlig ausdrucksloser Blick. Riesige Rüstung, wie aus dem Feudalmuseum. Was machte er? Er schien uns nicht zu bemerken, einzelne Wesen. Er sang ein Lied. Ein Monster, dachte ich: er ist ein Monster. So sieht der aus, den alle Welt erwartet hat. Der die Welt in Atem hält. Den sie liebt. Dann hörte ich die Sprache, die er sprach bzw. sang. Den bekannten Ton. Arbeite, sagte (sang) das Monster. Tu was für den Frieden. JEDER EINE GUTE TAT etc. Ein Augenblick lang die Versuchung, die Plakate von seiner Brust zu reißen. Ihn zu schütteln, daß die Scharniere flögen. Den FRIEDEN ZU BRECHEN. Aber etwas in mir meldete sich devot: Halt stille. Du brauchst ihn. Du mußt ihn erhalten! und schlug die Hakken zusammen. In die Arbeit krauchen; nun merkte ich jedoch, ich kam nicht hinein, vielmehr ich kam aus dem Museum nicht heraus. Aus dem Gehämmer, der Rüstung die sich um mich schloß. Ich krümmte mich vor Schmerz, bückte mich in das Eisen oder das Eisen drückte mich nieder, freiwillig jedenfalls widerwillig zähneknirschend. Blaß vor Eifer vor Wut. FRIEDEN AUF ERDEN FRIEDEN IST DAS HÖCHSTE GUT wenn dus nicht kleiner hast.

Was man so schwafelt in der Angst, es war nicht seine. Er stand darüber. Knochen Kosten komplexe Maßnahmen. Er stand über allem. Wir hätten ihn vom Sockel stoßen müssen, aus seinem Panzer kloppen. Wir hätten den ganzen Staat herunterreißen müssen, Stiefel und Tressen. Ich stellte mir ihn nackt vor, wehrlos, ohne diese fürchterliche Montur, und mußte plötzlich lachen. Der bucklige Hund, Krüppel von einem Frieden. Der Clown der Geschichte. Den hatten sie vorgeschickt. Ein Ersatzmann, eine müde Charge. Der wir die Maske abziehn durften, unter der ein altes blutiges Antlitz grient. Wir mußten an ihm vorbei, wenn wir an unsre Arbeit wollten. VORWÄRTS sagte ich und wußte nicht was ich sagte, Bevor ich Frieden gebe muß etwas geschehn, meine Brüder, BRÜDER ZUR

VORWÄRTS UND NICHT VER
                                        VER
                                        vergammeln/blöden/raten
Vorwärts und sehn wo du bleibst
BRÜDER ZUR
          ZUR SONNE
          ja wohin?
Vorwärts und nicht vergessen anzustellen
Brüder zum Posten empor!
Vorwärts an Geschütze und Gewehre
Vorwärts marsch!
Brüder zur Kasse

VORWÄRTS UND NICHT VERGESSEN
BRÜDER

Die Solidität
DIE SOLIDARI
TÄTERÄTÄH

DAS INNERSTE AFRIKA

Komm in ein wärmeres Land
                                        mit Rosenwetter
Und grünen laubigen Türen
Wo unverkleidete Männer
Deine Genossen sind.
                                Dahin! Dahin
Möcht ich mit dir, Geliebter
                                        Komm

aus deinem Bau deinem lebenslänglichen Planjahr ewigen Schnee / Wartesaal wo die Geschichte auf den vergilbten Fahrplan starrt die Reisenden ranzig / Truppengelände TRAUERN IST NICHT GESTATTET

Unter die sachten Tamarisken
In den Tropenregen, der die Losungen
Abwäscht, trockenen Protokolle.

Sieh das Meer, das dagegen ist
Mit fröhlichen Wellen, und ins Offene geht
                                                        dahin

Dahin führt kein Weg.

Wenn du gehst, hebt die Zeit ihre Flügel.

Nimm den Pfad gleich links durch die Brust
Und überschreite die Grenze.

Wo die Zitronen blühn, piff paff!

En quelque soir, par exemple, le touriste naïf EUROPA SACKBAHNHOF die verdunkelten Züge aus der vierten Welt vor Hunger berstend / hinter der Zeitmauer Getöse unverständliche Schreie / Blut sickert aus den Nähten der Niederlage / Zukunftsgraupel und fast will / Mir es scheinen, es sei, als in der bleiernen Zeit

Sie können dich töten, aber vielleicht
Kommst du davon
Ledig und unbestimmt
komm! ins Offene, Freund!

Nicht im Süden liegt es, Ausland nicht
Wo unverkleidete Männer
Wo der Regen
Denn nicht Mächtiges ists, zum Leben aber gehört es
Was wir wollen
wo dich keiner
Das innerste Land, die Fremde
Erwartet. Du mußt die Grenze überschreiten
Mit deinem gültigen Gesicht.

Dein rotes Spanien, dein Libanon

Erreiche es vor der Rente.

Wir befinden uns, sagte er, auf einer schiefen Ebne. Alles deutet darauf hin, daß es abwärts geht. Schließen Sie einmal die Augen und hören Sie, wie es knirscht. Das ist das Ende. Warten wir ab, wir werden es erleben. Wir sind auf dem besten Weg. Wir brauchen nur fortzufahren mit der Übung. Vor einiger Zeit konnten wir z.B. das Brett oder wie man es nennen will zurückwippen über den Nullpunkt und sagen: es geht aufwärts! Jetzt ist es eine endgültige Schräge in den Keller. Zu den Kakerlaken, meine Damen und Herrn. Bleiben Sie ruhig, gehn Sie in die Firma, wickeln Sie sich in die Plane, fassen Sie sich kurz. Wir haben die furchtbare Nachricht vernommen, wir haben nichts hinzuzusetzen. Adieu. Sagte der Mann in Itzehoe und glitt hinter dem Fenster hinab.

Non! wir werden den Sommer nicht mehr in diesem geizigen Land verbringen, wo wir immer nur einander versprochene Waisen sind,
komm

Steckmuscheln, Zikaden
Mach dich auf
Lebenslänglicher Leib:
SIEH DAS MEER, DAS DAGEGEN IST.
ERREICHE ES VOR DER RENTE.
DU MUSST DIE GRENZE ÜBERSCHREITEN.

DRESDEN ALS LANDSCHAFT

Ziegelsteppe mit verstreuten Kaminen
Wir rodelten auf dem Soldatenweg
Die Flak am Mittagstisch vierhändig vom Blatt
Sanft gehen wie Tiere die Berge neben dem Fluß
Flüchtlinge eingekellert
IN SICHERHEIT
                    die armen irrten
Durch ausgeglühte Straßenbahnen Häuser-
Fackeln

Rudolph saß in den Trümmern.

Zuerst zeichnete ich mein eignes

Bleche wie Beckenschläge.

Grinsend der Alte querte ins Kellerloch heraus
Mit der Bauklammer blutig der graue Buschen
Ein Mensch war gar nichts, wenn er was hatte

Man konnte doch nur zählen, die man gefunden
Hatte
     er griff sich in die Augen.

In solchen Stapeln immer zwei- dreihundert
Schwellen dazwischen dann Fässer Benzin
Die Leichen brannten nicht dann Flammenwerfer
Die Menschen irrten

Schwarz vom fetten Rauch, mit der Rohrfeder
Häuserskelette, der Russe schoß schon rein
Ein Todenernst

Es ist noch zu früh für diese Sachen.

Die Ostarbeiter auf den Bänken lächelnd im Donner
Zerrissenes Grün
Es war doch ein herrlicher
Frühlingstag!
Störte die gar nicht die
Trauten sich bloß noch nicht.

Die Hitze. Stille. Auch kein Vogel
Das verlangte Kraft. Die Brücken
Über den Schnüren
Hielten den Atem an
Die SS in den Nestern
Die konnten dich, wie Tiere neben dem Fluß

Menschentrümmer *das gekrümmte Schranzen-Volk.*
Mit Panjewagen die dritte Welt
Befreier im Klosett
Wuschen die de Gartoffeln
Rudolph rück-
Sichtslos

Die Niederlage.

Und der plattgedrückte Troß
Kroch um die Türen drängelnd Neubeginn
Persilschein Opernkarte
Schauspieler harmlosfröhliche Statisten

Das *liebe Dresden* Tal der Ahnungslosen
Er griff sich in die Augen
                                        in die Trümmer

Gestattet war es nie.
Die wollten doch das NEUE LEBEN sehn.
Rosig die Ruinen hell *noch immer schön*

Im Fundament
Der Irrtum eingezeichnet, das

Oder ich denk, die Wände stehn
In menschenloser Zeit, ein Plattenbau
Zentralsymmetrisch an den Fluß erstellt
Das habe ich, siehe unten
Die Toten blicken in die rosige Zukunft
Nach dem Neutronenschlag der Fürstenzug
Auf meißnischen Kacheln zu Fuße
Einige Männer in schäbigen Anzügen
Mickel Czechowski Braun und Tragelehn
Exilieren nach Preußen

Hartknoch der Menschenfreund
Im Friedhof Maria am Wasser
Hält die Festung glückliche Provinz.

Das habe ich gemacht.

BURGHAMMER

Mitteldeutsches Loch Ausgekohlte Metapher
Keiner Mutter Boden Loser Satz
Aus dem Zusammen FROHE ZUKUNFT
Hang gerissen

Grauer Sand Gegenwart graslos Vergessene Gummi-
Stiefel im Regen Zigarettenschachteln Der Himmel
wie Kalk
Seile mit zerborstener Seele
Hier sind wir durchgegangen
Mit unsern Werkzeugen
Die Baumleichen unter der Vorkippe/Endmoräne des
Fünfjahrplans
SO WIE WIR HEUTE ARBEITEN
Haben wir gestern gelebt
Die Frau im Spind im Viermannzimmer
Ist der Vertrauensmann
Im Altersheim
Die Toten umgebettet von den Toten
Mit Großgeräten *Der Wind*
Ein wüster Geiger
der sich in die Drähte wirft
Aus den Trümmern der Städte
In die Trümmer des Walds
Die Landser im Leistungslohn DIE LETZTEN
Mit blutigen Händen
WERDEN DIE ERSTEN SEIN

Aschewasser

Ich stehe BETRETEN auf der Böschung VERBOTEN
Archaische Landschaft mit Losungen
Das Getöse in meinem Kopf
Und sie liefen bewaffnet im Gleis mit schartigen Schaufeln
Gegen den Eissturm
Die Stimmen Der tierische Schrei des Baggers
ROLLEN MUSS ES in meinem Kopf
                                        und stießen das Eisen
Unter die Schwellen den Dreck die Prämie in den Hals Und der Morgen
Flaggte
Albert allen voran
In den Kampf um
Unverständliche Rufe
                              im Mannschaftsraum in meinem Kopf
Aber zu tun bleibt mehr als geschehn denn alle ~~*den einen*~~ das eine
Wollen sie ~~*morden im Grimm*~~ *Rings stellt der verschworene Haufe*
Sich für die Sache zum Kampf
Unter dem Abraum Zehn Meter Sand/Bewußtsein
Im Genick
          das NEUE LEBEN
Wo sein banges Gesicht hinwandte ~~*der ängstliche Phineus*~~ Albert

~~Starrt ihm der Hals und zu Stein ist~~ verhärtet das Feuchte der Augen

Der Vermummte in der Grube
Mit der Schaufel kaum daß ich ihn sehe
In den linken Händen oder begreife
Er stochert im Sand

»Läßt du dich blicken wie Auf deinem Posten«
Der weiße Atem vor dem Milchgesicht
Brille Zeitung die er langsam frißt
»Oder wo wohnst du zwanzig Jahre nach mir
Hier ist die Vorzeit/Vorraum deines Glücks
Wenn du es hast Hast du die Zeitung nicht
Gelesen«

            Er lacht in die Faust
Oder bläst sie warm breitet dann die Arme:
»Das ist der Tagebau mein großer Leib
Wenn ich gehe wird er größer wenn ich
Stehe bleibt er stehn So groß bin ich
Kannst du mich sehn Der letzte Dreck im Dreck
Mein Eigentum das ich mir untern Nagel
Reiße schwarz Begreif ich mich

Ich kenn das Loch auch in der Mauer
Soll ich dir sagen wo ich gestern war
Im Auffanglager ich zwischen zwei Schichten
Grinsend
            Ich könnt mir helfen auf den Ast

Den die sich lachen über dich und mich
In meinem Kopf den ich in den Sand steck

Ich will die Welt von unten sehn Kollege
Wo sie schwarz wird oder was weiß ich
Ich zieh mich nicht heraus aus meinem Loch
Und für den Letzten soll die Welt gemacht sein
Der Weg voran führt einmal auf den Grund
Und wenn wir dieses Land wegfräsen müssen
Es wird ein andres wenn ich in kein andres
Geh«

Er wirft sich in den Sand

In meinem Kopf in meinem Mannschaftsraum

»Ich Hans Arsch Märtyrer Dichter Held
Wer kennt sich selbst Hier ändre ich die Welt
Hier kann ich es *Wer weiß was er vermag*

Und was du tust sagt erst der andre Tag«

Ich stehe vorgebeugt VOR-
Vor mir nichts Das Restloch Still-
Gelegt das Land Das hat es hinter sich
Das schwarze Wasser
Tost in die Tiefe

Hier bin ich durchgegangen
Mit meinem Werkzeug Ab-
Geräumt der Glauben

Und eingebuddelt die Schar
Mit allen Negern wo die Kohlen stimmen
Unter selbem Dreck im Schädel

Ein wüster Anfang wieder
Auf dem Planum

Und darüber
Gestellt an der Schreib-
Maschine Eingespannt
Das ungeduldige Papier-
Gesicht

        Auf den Boden Satz!
Die Heidenarbeit
Gegen den Schnee der Verse

Erstaunliche Zeile Wald
An der F 97
Die Sandkuppen unter der Hand
Aufgerichtete Brustwarzen

Ich schaue die Reiche
Und Herrlichkeit der Welt.

NUN BIN ICH FROH

Nun also bin ich froh.
Ich ziehe die Luft durch die Adern
Und habe noch meine fünf Sinne. –
In dieser sinnlosen Welt? –
Ich wohne dicht auf der Erde
Die keinem und mir gehört.
Ich sehe noch Baum und Fisch
Und schwimmende Meere. – Sterben
Siehst du sie. – Staaten
Aus gräßlichem Beton. Selber
Der Freieste, Untertan.
Die Tat noch tötet den Mann.
Ich fürchte mich vor dem Krieg. –
Und des bist du froh? –
In der Gefahr größester
Gegenwart leben, der letzte
Oder der erste Mensch.

OFFENE RECHNUNG

Ja wenn wir zweihundert Jahre
Die Erde träten! sagt Kantemir: dreißig Jahre Ducken
Weitere dreißig Buckeln
Das Geracker bis an den Rand
Die beschissenen Greise, des Grabes.
Diese des Lebens rohe
Unerfindliche Planung.
Zweihundert Jahre und mehr
Sage ich auch nicht
Wir wären nur halb
So blöde.

DAS GEBREMSTE LEBEN

Geh deiner Wege
Wenn du es kannst
Versammlungsmensch
Öffne die Poren.

Ein Fremdkörper, ichförmig
Im Verkehrsstau
Im Kopf: Rot
An der Ecke Schönhauser.

Spurtreu und schweißnaß
In der Unterführung
Zwei Stempel wegen überhöhter /
Ach leck mich

Jetzt mache ich einen großen Satz bis an den Rand
des Blattes
Und löse die Bremsen
Rasender Gedanke
An alle an alle an

Es ist eine knirschende Dämmerung.
Über dem Raketensilo
Kauen die Kühe
Die Losungen wieder.

Und der Teer in den Adern
Das geregelte Herz
Hinter der Frontscheibe
Eine undurchsichtige Freude.

Die Nachmittage mitunter
Pinien-, in Meteln
Duft! Atmende
Fern von Troja:

Auf auf zum Kampf
Ihr Waffenlosen, Tod
Den geheimen Räten.
Frauliche Unscham

In der Umarmung.
Der Wirkliche sinnliche Mensch
In der Sauna
Finnischer Gefühle

Ohnmächtig.
Oder Rudi in Oregon
In der orangefarbnen Gemeinde
Einen Lebenszusammenhang

Sucht er mit Hacke und Sichel
Der Ausgewiesne
Flieht uns voran
In die bessere Steinzeit:

Geh deiner Wege
Weil du es kannst.
Ich weise mich selber aus
An der Grenze

Unseres Witzes
Mit meinem Gelächter
Meiner sträflichen Liebe
Meiner frischen Tat.

GEMISCHTER CHOR

Das Unverfängliche
Gibt uns kein Gleichnis;
Das Unzulängliche
Hier wirds Erreichnis.
Das fein Geplante
Ist doch zum Schrein.
Das Ungeahnte
Tritt eisern ein.

DIE TRÜMMER DER AKADEMIE

Weiß der Mittag flimmernd auf den schönen

Trümmer Die mächtigen

Sokrates *die Seele lebt ewi-*
Ger Schwätzer

Philosophen haben die Welt nur

Stufen noch die schweißige Gasse

Diogenes der Stadtindianer
In seiner Einraumwohnung *mit den Händen*
Sang er sich selbst sein Hochzeitslied

Ja könnte man so durch Reiben
Des Bauchs den Hunger vertreiben

Und aber ich
In meinem Lehen
Mit fetter Leber, Sie sehen hier
werte Zuhörer von der Inlandpartei, den Sieger der
Geschichte, ein auffallend lächelndes Exemplar, den
Mann der es hinter sich hat was Sie vor sich
Mann der es hinter sich hat was Sie vor sich
hurrah
Rief ein Greis in der hintersten Reihe

jetzt besitzt er alles, was er nicht verlangt hat, die Fabriken, unvermutet, Maschinen Werkzeuge Fonds, alles und nichts

Ich lachte dröhnend
Aus den Eingeweiden

sowie nichts und alles, Flüsse und Kanonen, Eisenbahnen, Blumen, der werktätige Hippie im Dienst der Sache, die er sich zaudernd anzieht, sehn Sie mich an! und wir kommen der Sache näher: meinen gelenkigen Kopf, meine widersprüchlichen Füße, o wir haben bedeutende Korridore und ewig schluchzende Ämter sowie dialektische, sagte ich, Siege, und Errungenschaften ranzig unter der Sonne bzw. dem Regen, denn der Regen, Genossen, rinnt, rinnt unbelehrbar auf die Beschlüsse

Das kann doch nicht wahr sein
Schrie der Uralte und sprang auf
Wofür haben wir gelebt und gelitten
Und im Kerker

Ich entblößte obszön meine Zähne
Und sah auf die funkelnde Straße
Die sich gewaschen hatte

Aufgeschnittne Melonen, das Öl
In den Rinnsteinen, ein zerschlissener
Unterrock undefinierbare Fahne

nicht für den Tod
In der Doktrin, die alle Wunden heilt

Ein Bett, breit, um süß zu nächtigen.
Ein Tisch, und Stühle. Rotwein. Brot.
Arbeit und Freiheit ungeteilt.

Geht mir aus der Sonne, ihr Mächtigen.

DIE LEBENSLINIE

Das frische Brötchen, um das du vor dem Aufstehn
Anstandst, schnitt ich mit dem Brotmesser
Au-f! die Klinge, welche du vorsorglich
Schärftest, fuhr mir in das Handfleisch
Die angeborne Linie längend. Liebste
Jetzt lassen wirs uns aber schmecken.

DER BIERGARTEN

Unter der Bäume frisch entblühtem Werk
Sitzt still er an dem Gartentisch allein
Und langsam sinkt der Abend auf ihn ein
Als wie auf diesen oder jenen Berg.

Die Frau, für die allein er Augen hat
Geht um die Tische, in der Faust das Bier
In einer Art wie ein besondres Tier
Besonders öffentlich und satt.

Wenn aus dem Saal trüb schwappt die Blasmusik
Und schweißige Körper drehn sich in der Türe
Wär sie die einzige, die sich verweigert:

Die doch agiert mild vor der Menge Blick.
Das ists, was seine Sehnsucht rasend steigert.
Und aus den Schuhn zieht er die dunklen Schnüre.

DIE BADEFRAU

Sie stellt dich an die Wand. Und ohne Blick
Greift sie zum Schlauch, der deine Ferse trifft.
Die Waden nun, die Wirbel, das Genick.
Du hoffst noch blinzelnd, daß der Schwall vernifft:

Bis du gehorsam vor dem Weibel kreist
Besprüht heißkalt von Lässigkeit.
Dann läßt sie für Sekunden dreist
Prasseln den Strahl auf deine Winzigkeit.

DAS FRÜHSTÜCK

Geliebte, die sich mir so leicht ergab
Als zahlte ich mein ganzes Leben drauf
Und Zaudern hielte den Transfer nur auf:
Ich machte flüssig wirklich, was ich hab.

Was wir uns morgens um den Mund geschmiert
Honig und Milch im starren Restaurant –
Die Kellner standen alarmiert im Gang –
Es war der Stoff, nach dem ich so gegiert.

Wir hatten uns gesucht und doch gefunden.
Ich mußte ihn nur nehmen wie ein Kranker
Regelmäßig: er ließe mich gesunden.
Aber dann drehte ab der stolze Tanker.

Der Stoff zum Leben, der nach Liebe schmeckt
Und Salz und Tod, ich habe ihn geleckt.

TAGTRAUM

Im Niemandslande zwischen den Grenzen stand
Mein Wagen, angezogen die Bremsen, hart
Betrachtet von den Türmen, und kein
Rad war zu wechseln hier ungeduldig.

Was wollt ich denn? in meiner Gedanken Zeit
War ich nie so allein, und die Toten nur
Und Ungebornen atmeten mir
Ruhig nun zu, unterm heißen Hundsstern.

Die Völker schwiegen, schlummerten nun nicht mehr
Die Seltenzeit erblühte oktoberlich
Im leeren Felde flimmernd hielt sie
Über den Minen der Stille, reglos.

Die ernste Zukunft, eine Mulattin, teilt'
Mit schmaler Hand das Brot und die Arbeit aus
Nach Nord und Süden und die Wahrheit
Welche auf beiden den Seiten wohnet.

Ein Leben lang hab ich es gewußt: es wird.
Jetzt glaubt ich nurmehr. Und ich saß still im Gras
Daß mich der dunkle Abend kühlte.
Jaulend dann nahten die Hundeführer.

Der Lorbeer bloßen Wollens hat nie gegrünt
Und irrdisch ist und fahrlässig unsre Bahn

Ich muß auf eine Seite, muß es.
Aber ich ahne nur meine Worte.

OLOF PALME

Aber er ging umher wie ein Sterblicher
Wenn schon, dann würdig leben, umatmet.

Wozu diese ganzen Länder? Die verrosteten
Richtungen des Himmels, Ost und West
Dieser blutverkrustete Kompaß.

Der Ahorn grüßte ihn und der Maniok
Mit Feldgeschrei.

Wer fragt: Wo waren die Polizisten?
Hier, und an jedem unsicheren Ort;
In deinem Herz
Voll bitterer Mitrailleusen.

Wie alles Lebendige sich entgegenstemmt
Der alten Nachricht, und die Zeitung winselt.
WENN DER FILM ENDET FALLEN DIE SCHÜSSE
In der Tunnelgatan. Das ist die Gewohnheit.
Wenn schon die Arbeit Mord ist

Und die Eingreiftruppen, die stehenden Heere?
Zwischen uns standen sie wie eine Wand
Und exekutierten die Lust.

Die vielfältige Erde, Hunger und Salz
Witwen und Regengüsse, nicht erfaßbar
Von den Schablonen der Macht.

Nur die Raketen rotten sich müde zusammen.

Denn irrlos gehn, geradeblickend die

In ernster Geschichte; die Falten
Um den Mund ein Lächeln lügend

Wo mein Vaterland ist, dort muß es gut gehn.

Der Stoff zum Leben
Er hatte ihn
Dunkel, präzis und unermeßlich
Und die Kugel fand ihn
Zwischen den Schulterblättern
Und hinterließ ein winziges Loch.

IN VIERZEHN JAHREN, sagt der Große Bruder
KANN DIE ERDE FREI SEIN VON DEN MASSEN
Ich zitiere bedächtig
Dawai dalsche! VERNICHTUNGSWAFFEN

BENJAMIN IN DEN PYRENÄEN

Ruhig schreiten in die Nebelwand.
Die Arme rudern eckig, aber gleichmäßig.
Exakt nach dem Papier über dem Abgrund.
In der Aktentasche Ekrasit, d.i.
Die Gegenwart

Schritt vor Schritt, wie der Zufall
Dem Fuße einen schmalen Stützpunkt bietet
Im Material. Gnädige Frau, Nichtgehn
Wäre das eigentliche Risiko.
Nach der Uhr / nach fünf Zeilen rastend.

Felder, auf denen nur der Wahnsinn wuchert.
Vordringen mit der Axt im Kopf
Ich habe nichts zu sagen. Nur zu zeigen.
Im kleinsten scharf umschnittenen Segment.
Ohne nach rechts und links zu sehen ins
Grauen

Nach der Methode werde ich es schaffen.
Der Weinberg rieselt, rutscht in die Senkrechte
Voll von fast reifen süßen dunklen Trauben.
Die Tasche ist das allerwichtigste! der Leib zwischen
  Rebstöcken
Schwer atmend, das Herz

Kämpft, der kritische Augenblick:
Wenn der Status quo zu dauern droht.
Skelette unter über mir Aasgeier.
Kürzere Schritte, längere Pausen.

Meine Geduld macht mich unüberwindlich.
Die Segel der Begriffe setzen. Gnädigste
Darf ich mich bedienen? Auf dem Gipfel
Plötzlich wie erwartet die Gewalt

Des Ausblicks. Tiefblaue Meere:
Auf einmal seh ich zwei. Zinnoberküsten.
Unter den Klippen Freiheit

...

Kein Durchlaß in Port Bou. Wir Apatriden
Haben aber die tödliche Dosis
Würden Sie die Tasche halten, bei uns.

Er dachte vermutlich, den Aufstieg nicht noch einmal zu schaffen. Am Morgen fanden die Grenzbeamten den Leichnam in meinem Text. Die Konstruktion setzt Destruktion voraus. Die schwere Ledertasche, gerettet vor dem Zugriff der Gestapo, UNOS PAPELAS MAS DE CONTENIDO DESCONOCIDO, ging verloren. Zu rasch der Schlußstrich, Herr, in Ihr Leben. Das Leben trägt das Werk, wenn ich das sagen darf, an diesem Steilhang.
In jedem Werk gibt es die Stelle, an der es uns kühl anweht wie die kommende Frühe

DIE DUNKLEN ORTE

Im schattenlosen Wald, der trauernd steht
Am hundekahlen Kamm des Erzgebirgs
Geh ich umher, in der Dämmerung
Oder ists Rauch AUS BÖHMENS HAIN UND FLUR
Den sie nicht fassen an der Grenze, grau
Der Rasen deckt das Riesenhaupt
In dem es grübelt hunderte Jahre
In hohlen Schächten, wo sie wohnen *wie*
Im Orkus, und viel arbeiten die Wilden
Mit gewaltigem Arm
Bei Altenberg
Die Binge starrend, Eingeweide
Seit das Erdreich einbrach unter Tage
Über Nacht, in dem die Arbeit pocht
Menschlichfreudig noch, wie sonst

Das ist der Berg. Und was ist nun die Predigt.
Die Stimme spricht: Kehr um. – Voran! voran
Im Dunkelen wo die Gefahr wächst
Die dritte aus dem Busche: BAHNE FREI
Schlittern die Kindlein auf der Teufelsbahn

Ich dachte stets, es würde erst beginnen.
Jetzt hab ich meine Tage abgerissen
Und saurer Regen rennt mir aus der Stirne
Kaum atmen mehr, nur reden das
In meinem dunklen Kopf / mein Tschernobyl

Wo auch das Kind im Mann ergraut
Und nicht verspricht die Erde noch zu dauern

Die Freiheit nun, so ungebunden stehn

Die Stimmen schrein. Im Hochwald hängt Herr Koch
In unästhetischem Zustand
DAS TAGWERK IST VOLLBRACHT.
S IS FEIERAHMD. GANZ SACHTE SCHLEICHT
DE NACHT.

AUS DEM DOGMATISCHEN SCHLUMMER GEWECKT

Hast du die Nacht genutzt? – Ich übte mich
In der Erwartung. – Wessen? – Kennst du auch
Den süßen Schmerz: die Unbekannte lieben? –
Die unbekannte Tat? – Wie? – Wovon sprichst du? –
Die Adern sprangen fast in meinem Fleisch.
Wie bin ichs müd, den Markusplatz zu queren. –
Du träumst, nicht wahr, du träumst mit Konsequenz. –
Und auf den Straßen weht die Transparenz.

DER WEISE MANN IM OSTEN

Vorn an der Rampe liegen wüst die Schuhe.
Nathan, des Sultans Messer an der Kehle
Fährt zitternd fort. Ich weiß kein Märchen mehr.
Dir mag die beste gelten deine Welt
Du irrst wie ich, und Ost und Westen irren
(Ein Rauchgeruch. Die Klinge gräbt sich ein)
Aus einem Grund, aus nur dem einen Grund:
Weil jeder nur die seine glaubt im Recht
Und sieht nicht rechts und links, im Recht zu leben.
Das Andere zerstören in der Angst!
Daß es dich widerlegt, und die Zerstörung
Erbaut dich felsenfest, TOD DEN VERRÄTERN.
(Der Salon ist hell und ramponiert
Biergartenstühle, umgestürzt die Büste
Des Diktators. Kalt grinsend zeigt
Der Patriarch sich rechts in der Gasse.)
Die wahre Weltanschauung ging verloren.
Sagte ich *eifern*? Jeder seiner Liebe
Nach, höher schneller weiter. Aber der Eifer
Auf deiner Erde trübt den Himmel aller.
Dein Messer, Bruder, ist mein eignes Werkzeug
Und der dort grinsend naht, trägt meine Fresse.
Die Welt ist ein Dorf, der allgemeine Dunghaufen.
Chemie und Ideologie. (Der Patriarch
Steckt einen Christbaum in den Stacheldraht
Tut nichts, die Menschheit wird verbrannt. Die Vögel
Jagen irr im Tiefflug durch das Schauhaus.)

Einseitig immer bricht der Fortschritt auf.
Es rüste jeder seine Seite ab.
Nathan, blutend, meint, er hat sein Stichwort.

ANDERE GEGEND AUF DER HEIDE

Höre, Freund, du tätest gut daran, meine Montur zu nehmen. Dann wärst du ein freier Mensch. Und hieltest inne in deiner schädlichen Übung. Arbeitslos wie eine Eiche im Winter. Lieber arm dran als Bein ab. Ich werde mein Frühstück von der Müllkippe beziehn. Sauerampfer. Wir steigen aus den Betten / Sind wir denn noch zu retten. Ich bin der ÜBERSCHÜSSIGE MENSCH. Mein living room der Autofriedhof. HERE I STAND AND MEDITATE: SHALL I PISS OR MASTURBATE. Und da ging das Licht an, und wir saßen im Dunkeln. Ich reiße die Bierdosen auf vor dem Bildschirm, ausgezählt / Von den Computern das Freiwild / Der Werbung im Tosen / Der Konsumschlacht. Halali. Oder willst du auf dem Strich gehn wie meine Töchter, denen ich mein Reich vermacht habe. Die Gnade der späten Geburt ist eine schimmlige Mitgift. Es gibt Stämme, wo es eine Verfluchung ist, der Chef zu sein. Lieber schizophren als ganz allein. Denn noch nie gab es eine hübsche Zeit, die nicht Gesichter in die Lachen schnitt. *This is a brave night to cool a communist.* Eh ich das Staatstheater verlasse:

Wenn die Arbeit knapp wird
Wenn die Flüsse aufgemauert werden in den Wiesen
Wenn es Frühling wird im Staat
Wenn wir uns mit dem Wald versöhnen
Wenn wir nicht mehr wie das Eisen dulden
Wenn wir hinabgehn in die Scham
Wenn wir nicht mehr wie das Eisen morden und
dulden

Wenn wir die Angst ausspein, den Rotz des Verrats
Wenn der Aufstand begonnen hat
dann werden die Frauen auftauchen am gelben Horizont mit ihrem schwarzen Antlitz. Sie werden verrückt sein im Kopf und unsern Kompaß vergraben und in die Uhren spucken. MORGEN IST IMMER HEUTE. Das wird die Zeit sein, daß man auf den Füßen geht. Diese Prophezeiung mache ich zu meiner Zeit.

ANTIKENSAAL

Eine Pinie ragt aus dem Rollfeld, das sich einsam in den Acker streckt, aufrechtes Relikt einer bewaldeten Zeit, wie hätte sie Fuß fassen können im Beton, der sie nun festhält in der Gegend, der Wipfel zerspellt im teigigen Licht, störrischer Schopf, der die Gegebenheiten nicht wahrhaben will, vom dunklen Rand der Piste sickert ein rötliches Rinnsal unter die Schleusendeckel, Blut natürlich, der massigen Tiere, die im Acker abgestochen werden, ihr dumpfes Brüllen ununterscheidbar vom Fluglärm, oder ist es das Geheul von einem Kriegsschauplatz, der etwas abseits liegt im Orient, die Lautsprecher vereiteln eine genaue Wahrnehmung, auch dröhnt Musik in die Szene, die SCHLAGER DER WOCHE, der MANN DER NEBEN DER STARTBAHN WOHNT, FÜR DIE ER DEN BETON BEREITET, verharrt auf die Schaufel gestützt und starrt in seine Behausung, aus der der Lärm zu dringen scheint, macht er eine Fünfzehn, ist er eingeschlafen oder einfach arbeitslos und steht, sein eigenes Denkmal, Erinnerung großer Zeiten, an dem gewohnten Arbeitsplatz, ER HAT SCHWIELEN AM KINN vom Schaufelstiel, aber ist keinem Flachs mehr zugänglich, um ihn her Spuren heroischer Tätigkeit, Halden, Schrotthaufen, die DURCHGEARBEITETE LANDSCHAFT, die HAT ES HINTER SICH, er starrt, mit seinen verwilderten Augen, auf das Bett, aus dem er sich erhoben hat zu seiner Übung, was treibt ihn an, steckt eine Frau dahinter, der er die Welt tapeziert, die Person, die jetzt aus der Tür tritt, so daß die Handlung beginnen könnte, falls sie nicht schon geendet hat, sie muß eine SCHÖNHEIT sein, wenn man seinem Blick glauben darf, den er jetzt senkt, SCHÖN ihre Arme und Brüste, ihre Gedanken, die die seinen gierig zärtlich umarmen, die sich auf seine werfen und ihn stürzen machen mit ihr auf den kalten Estrich, VON DER SCHÖNHEIT ÜBERWÄLTIGT, die er nun überall sieht, wohin seine Augen greifen, seine geräumige Haut, Gewohnheit, die er beibehält: sich auf sie zu werfen, wo er die Schönheit trifft, die SCHÖNERE WELT, während sie ihn mustert mit mitleidigem Lächeln, das Kinn wie eine Hiebwaffe erhoben, den Rock herausfordernd hochgerafft, die Hand fährt über die Schamlippen, wie schnell sich der Körper erinnert, er weiß die Lust im Schlaf, aber sie wacht, wacht über dem Rest des Mannes, der ihr zugewiesen wurde vom Wohnungsamt, DEIN IST MEIN GANZES HERZ, mein Lieber, warum ist er ihr untreu geworden, warum hat er das Startloch verraten an die tägliche Rennbahn, CHEMIE BRINGT BROT WOHLSTAND SCHÖNHEIT, ihre Eifersucht verfolgt ihn wie sein Schatten, den er in der Hitze des Tages unter den Füßen hält, am Abend aber kniet das vor ihm trauerfarben, Negerin, die ihn rasend macht, HÖR MAL, OB DEIN HERZ NOCH SCHLÄGT, und er schreitet über sie weg an sein wahnwitziges Werk, stampft sie ins Planum mit der Preßluftramme, harte Arbeit der Männer in der freien Natur, die panisch aufblüht, ZUVIELISATION! MÖRDER!, Wahnsinn zu dem er verurteilt ist, und die Musik, Zymbeln und Pfeifen, der entsetzliche Lärm rührt von dem Tanz, mit dem die Frauen, rasend wie er, die Länder durchziehn, CORDULA, I HA DI LIEB! NATA-

LIE, und vom Gurgeln der Schlachthöfe, die den Schauplatz hermetisch umschließen, und der Gestrafte, auffahrend aus seiner antikischen Haltung, sticht das Blatt der Schaufel in sein nutzloses Geschlecht, die Hoden glitschen blutig auf den Zementsack, er kippt ein Grinsen im weißen Gesicht in endlosem Fall vornüber, den Flug seines Lebens memorierend bis an den schimmernden Anfang, Geburt und Tod die eine Sekunde des Schmerzes der Freiheit, die Umkehr im Urschleim, das Erstarren in der weißen Erkenntnis, und fällt wie ein Stein in den Schatten der Pinie, die verdorrt ist im Flutlicht, der vermischt ist mit dem Schatten der Frau, selber er jetzt ein Schatten, und sein Samen mischt sich mit den Atomen des Staubs, verzweifelte Hochzeit, Materie die lieben lernt im Winter, auferstehendes Mehl, Sprengsatz der Strukturen, Stoff für den Hunger der Welt, der in die Türen tritt, ein Kinderleib.

4

1988-1997

DIE ZICKZACKBRÜCKE

Die bösen Geister laufen nur gradaus.
Als wie der Dämon
Der Ideologen
Mir nicht folgt in den blühenden Garten.

DIE SCHLAMMEBENE

Die Strichmännchen der Planung
Willkürlich hingemalt
Jahr für Jahr
In das zähe schwarze verdammte stinkende
  unermeßliche
Dulden.

DER ZIMTWALD

Es ist nicht so, daß wir einander halten.
Wir stehn nur beieinander in dem Licht
Das unsre großen Kronen mächtig mischen.
Und atmen ruhig. Auch die Blättlein spüren

Sich kaum fixiert vom Ast, den sie umspielen.
Unangestrengt die grünliche Fabrik
Nur von den sachten Winden angetrieben
Erzeugt den wilden Duft mit unsern Rinden.

DIE WENDE

Dieser überraschende Landwind
In den Korridoren. Zerschmetterte
Schreibtische. Das Blut, das die Zeitungen
UND DER RUHM? UND DER HUNGER
Erbrechen. Auf den Hacken
Dreht sich die Geschichte um;
Für einen Moment
Entschlossen.

DER TAPETENWECHSEL

Die Verwaltung erklärt mir
Sie habe den Umbau längst in aller Stille
vollzogen.
Aber das Haus ist nicht geräumiger
Die Treppe unbequem
Und sind die Zimmerchen heller?
Und warum ziehen die Leute aus und nicht ein?

DER MAURER VON DER STALINALLEE

Unter den Großblöcken
Stoße ich auf einen Maurer. Er gehört
Zu der versunkenen Klasse
Die genaue Wände machte und
Den Aufstand. Im Traum
Führe ich ihn wieder auf das Gerüst
Schweißgebadet
Eines Anfangs.

GLASNOST

Die Durchsicht ins

Nichts da! Auseinandergehn!
                                        splitter-
Vaternackt, die

Und wenig Wissen, aber der Freude viel

    VORRÜCKTWÄRTS!
    VORRÜCKTWÄRTS!
    (applapapp)

        wie Wolken um die Zeiten legt

Als die Mauer fällt
Seh ich die Mauern in mir

DIE HINTERNISSE

One world or non
der Gedankengang
durch die Straßenschlucht in Manhattan von indischen
Tigern bewohnt, mein Hunger

Kaut mit ihren Zähnen. Es ist
im dreckigen kleinen Vorhof eines
friedliebenden Amtes
vor dem ich ansteh aus unerfindlichen
Gründen. Zeitungen wie von Tacitus

all diese besieglichen
Stämme festgehalten für die Nachwelt
von ihren matten
Geschäften. Gußeiserne Parolen
aus den Mündungen

Protzender Morgen.
(*Konsensus, Konsensus ...!*
Aber das Werden der Leute? Deleuze)
Ein Hunnenschwarm

(Aidsels Truppen) quert
die rußige Tieflandbucht
Mit Tiefladern. Der Gleit-Test der Ideologie
und die Springprozession
der Gefühle. Spontanfick

Sagt Erica in der Soundsovielten Straße
(wenn ich sie wüßte –)
Hoffnungsschlimmer
NIE WIEDER OHNE.

PRESSKOPF

Dieser verrottete Winter, Müll-
gebirge hinter Preß-
burg, Havel ist eingesperrt
»Selbstverständlich«, und Feldek protestiert
am toten Telefon, so perfekt
funktioniert
Die Nichtdemokratie. Dieses rostige

Eisenhaus hat es aufgegeben
in den Fahrplan zu schaun, und mir
genügt es,
diese Strecke, »Leben«
Rasch zu durchfahren.

PROLOG ZUR ERÖFFNUNG DER 40. SPIELZEIT DES BERLINER ENSEMBLES AM 11. OKTOBER 1989

I

Wie unklar ist der Stoff
Der Welt. Zu den Stürmen und Fluten
Den unausbleiblichen Erdbeben
Treten die Beben der Völker und
Der Erdrutsch der Gedanken.

Lange schien es, als stünden die Zeiten
Still. In den Uhren
Der Sand, das Blut, der abgestandene
Tag. Jetzt bricht er an
Der jüngste wieder und unerwartet.

Wo geht es lang oder, bescheidner gefragt
Weiß wer was vorn und hinten ist?
Die Strategien verschimmeln
Wie naß abgebrochne Zelte
Hinter den Flüchtlingen.

Staaten, gebaute Zukunft! und gesunken
Ins Gras, das sie fressen. Felsenfeste
Bündnisse im Blutsumpf wankend, und
Die unverbrüchliche Freundschaft
Mustert mißtrauisch
Ihre Abwässer.

Dort hat man den Hunger auf Kommunismus übergangen
und verlangt
Bürgerliche Kost; und da
Macht man reinen Tisch mit der Geschichte und
steht vor dem leeren.

Aber bedenkt
Daß da auch Hunger herrscht
Mit dem Mandat der Massen, Hunger
Nach Gerechtigkeit.

II

Unser Staat meldet seine Erfolge, als hätten wir die DDR dem Meer abgerungen. Wirklich, es war ein Meer von Trümmern. Aber die Trümmerfrauen stehn zum Denkmal geduckt und um ihre Sockel scheint die planierte Landschaft zu versanden. Von ferne sieht sie vielleicht wie eine große Düne aus: ruhiger Urlaub in der Revolution. Die Einwohner, immergleiche Handgriffe mit so angespannten Mienen, als würden sie ein Wunder erwarten, ausharrend, während das Ziel verblaßt, im Dunkel des eigenen Schattens vor dem Flutlicht der westlichen Verführung. Sie sehn sich auf eine Insel versetzt umspült von einer reißenden Strömung, oder ist es das Hochwasser eines heftigen Frühlings, und sie rammen Wellenbrecher in die Wiesen oder nehmen blindlings Platz im letzten Ikarus.

III

SELBSTSCHÜSSE, SCHRECKENSKLAR DIE WORTE
FEUER IM BRIEFKASTEN
UNTER DER TAPETE DIE RISSE
IN DER SUBSTANZ
BERÜHRE MICH!
DIE ADERN ATMEN IM FELS.

IV

Unsere Bühne, Raum bietend
Den großen Widersprüchen
Wird wieder eröffnet.
Der Planwagen der Händlerin
Und der Eisenwagen der Genossen
Stoßen aufeinander. Was für alte
Fahrzeuge, die nicht wenden können! Ihre sichtbare
Schwierigkeit macht uns Mut
Zu einer andern Bewegung. Eröffnen wir
Auch das Gespräch
Über die Wende im Land.

O CHICAGO! O WIDERSPRUCH!

Brecht, ist Ihnen die Zigarre ausgegangen?
Bei den Erdbeben, die wir hervorriefen
In den auf Sand gebauten Staaten.
Der Sozialismus geht, und Johnny Walker kommt.
Ich kann ihn nicht an den Gedanken festhalten
Die ohnehin ausfallen. Die warmen Straßen
Des Oktober sind die kalten Wege
Der Wirtschaft, Horatio. Ich schiebe den Gum in die
Backe
Es ist gekommen, das nicht Nennenswerte.

DAS EIGENTUM

Da bin ich noch: mein Land geht in den Westen.
KRIEG DEN HÜTTEN FRIEDE DEN PALÄSTEN.
Ich selber habe ihm den Tritt versetzt.
Es wirft sich weg und seine magre Zierde.
Dem Winter folgt der Sommer der Begierde.
Und ich kann *bleiben wo der Pfeffer wächst*.
Und unverständlich wird mein ganzer Text
Was ich niemals besaß wird mir entrissen.
Was ich nicht lebte, werd ich ewig missen.
Die Hoffnung lag im Weg wie eine Falle.
Mein Eigentum, jetzt habt ihrs auf der Kralle.
Wann sag ich wieder *mein* und meine alle.

DER 9. NOVEMBER

Das Brackwasser stachellippig, aufgeschnittene Drähte
Lautlos, wie im Traum, driften die Tellerminen
Zurück in den Geschirrschrank. Ein surrealer Moment:
Mit spitzem Fuß auf dem Weltriß, und kein Schuß fällt.
Die gehetzte Vernunft, unendlich müde, greift
Nach dem erstbesten Irrtum ... Der Dreckverband
  platzt.
Leuchtschriften wandern okkupantenhaft bis Mitte.
  BERLIN
NUN FREUE DICH, zu früh. Wehe, harter Nordost.

ES KANN WIEDER GELERNT WERDEN

Der Häftling Honecker DIE MAUER STEHT
  HUNDERT JAHRE
Reist aus ins Land, von dem er verlieren lernte
Perestroika ... espero estoica, sagt Castro
Abwarten ... Der Krieg der Lautsprecher
Verebbt über dem Chinesischen Meer
Was wollt ihr denn, ihr Pöbel? Kohl in Halle
Endlich wieder goldene Wasserhähne in Kuweit
Die armen RUSSEN RAUS
Lesen aus den deutschen Äckern
In der Uniform der Roten Armee
Die steinige Zukunft.

MEIN BRUDER

Der Bettler auf der schmierigen Treppe des BANCO DI
ROMA
Auf einem Stück Wellpappe BROTHER, eingemummt
In seine Mütze am Mittag. Was habe ich ihm voraus?
Nichts als mein Vers ernährt mich und bringt mich ins
Bett.
Mein Satz, der Aussatz, liegt auf dem Papier, dreckig
Und unverhüllt. Schamlose Worte
Die auf der Straße wohnen, bettelnd um Mitleid.
Ein Junge, magerleibig, mit aufgehaltener Hand
Taumelt von Mensch zu Mensch
Auf einen Menschen zu. Die Zigeuner im Abgas.
Nicht einmal eine Hoffnung habe ich dir voraus.

DER REISSWOLF

Die vergangenen ruhigen Tage beginnen zu rennen
In einen Abgrund. Auch die Zukunft
Reißen sie mit hinein. Was dachte ich denn?
Mein altes Schweigen wird zum Gebrüll
Nicht mehr verständlich. Was bezweckte ich?
Der Reißwolf erinnert sich bruchstückhaft
Mein friedliches Leben, mit Abstand besehn
Verwandelt sich in eine Katastrophe. WER
SEINE LAGE ERKANNT HAT, der ist aufzuhalten
Aber nun wohin? Das Elend kommt ihm von
überallher entgegen.

DAS THEATER DER TOTEN

Die Toten führen sich auf wie immer.
Sie treten nachts heraus auf den Friedhof in Rotoli
Die alten Waffen und Worte. Sie können nicht anders.
Das Blut fließt ins Mittelmeer. Sie bauen Ruinen
KARTHAGO NEW YORK. Der gewaltige
Linke Ellbogen Jupiters im Museum von Tunis
Er gebrauchte beide für die siegreiche Sache.
Aber die Lebenden einmal könnten ... ach was
PRIVATPÖBEL. WENN MAN IHNEN NUR
   ANGENEHM DAS MAUL STOPFT
Und das Spiel ist gelaufen. Im übrigen bin ich der
   Meinung
Daß der Sozialismus zerstört werden muß, und
Mir gefällt die Sache der Besiegten.

MARLBORO IS RED. RED IS MARLBORO

Nun schlafen, ruhen ... Und liegst lächelnd wach.
Das ist mein Leib nur, der noch unterwegs ist
Auf irgendwelchen Straßen, ah wohin.
Das Unbekannte wolltest du umfangen.
Jetzt kenn ich alles das. Es ist die Wüste.
Die Wüste, sagst du. Oder sag ich Wohlstand.
Genieße, atme, iß. Öffne die Hände.
Nie wieder leb ich zu auf eine Wende.

ENDE OKTOBER IM AUGUST

Die Denkmäler Stricke am Hals, die Kaderabteilung
Der Nachwelt wechselt die Unpersonen: Gorbatschow
Der Zerstreuer des Reichs, der Leichnam Stalins
Besucht ihn früh halb fünf auf der Krim
Auf nüchternen Magen des Volks, und diniert
Danach mit Jelzin, das Tischtuch die Trikolore
DIE EISERNE RATION DES BEWUSSTSEINS, AUFGEFRESSEN
DAS IST DIE MAHLZEIT, GENOSSEN, DER FREIHEIT
Vor der Blendwand aus Weißblechdosen;
So gewiß wie die Kamele in die Sonne
Werden wir in die Wahrheit blicken oder das Ende
Wissen in der Wüste des Widerstands.

DER WESTSTRAND

I

Heiteres Grau: der Atlantikhimmel,
eine Wolkenbank
Auf der dein Blick ruht, »zurückgelehnt«
In den Zusammenhang
Das Licht verschwenderisch niederströmend
Und die Gestalten
zerfetzt
der Gedanken
Die weiterkämpfen (wofür?), die *toten Ideen*
Im Luftkampf
(halb Panzer halb Leib)
Ein katalaunisches Feld. Das Mündungsfeuer
Der Morgenzeitung
Das du inhalierst über den Tisch gebeugt
Mit deinem lachenden Auge, Zyklop

Ohne Feind zu sein!
mit lockeren Gliedern
Im unzerteilten Wasser, der Laichgeruch
Aus Geburt und Tod, Jahrtausendschlick.
Die zerborstenen Bunker steil
Hangend am nackten Strand:
Ein Wolkenbruch, schräg schraffiert,
rückt die Entwürfe
Unrettbar weg ...
eine erschöpfte Front.

II

Ausschreitend auf dieser abschüssigen Bahn Progrès
        War kein Halten mehr
                Ein Riß
In der Existenz (...) Das Minenfeld
                        Deiner Kompromisse
                Geht langsam hoch. Passé
        Politisches Tier
Vergiß die Witterung des Ziels.
Abgewickelt
                    ausgeschieden
                                    verrutscht
Ohne Zentralperspektive
        Fällt dein leichter Leib durch den Rost;
PARTEI UND STAAT, der Kurze Abgang
        Der Seilschaft
                Von der Eifer-Nordwand
                        Ins Nichts –

Und nur diese Frau, mit bloßen Brüsten
        (»der letzte Halt«)
                Ramponiert von der Lust, mutig
                        Das Hormonpflaster auf der Hüfte
Ist dir geblieben als Unterschlupf:
                                                verlaß ihn auch!
Ein roher verlockender
        Stich ins Herzfleisch
Fini. Aber du hältst dich

Fest,
mit zwei Fingern
Am Handgelenk, bedenkenloses Beharren
Auf deiner Meinung ... uralte Revolte
Zärtlichkeit.

III

Plötzlich warst du am Weststrand, duftende Bäume
Mit Zapfen groß wie Granaten
Hitzefelder: weiter
Gehts nicht in dieser Richtung, du hast es
Durchquert,
das breit liegende Frankreich
(Dieser Wahnsinn! dieses Versprechen!)
»Ein Treck aus Deutsch-Nordost«
Auf der Autoroute. *Roulez relaix*. Die Prospekte
Deiner Begierde, ausgemalt
Mit wirklichem Leben
DOUX ET RESISTANT
Wie Toilettenpapier. Was für ein rasches Ende
Des langen Marsches.
Du ziehst die Luft ein
Die einzige Losung:
Das ist es. / »Das wars.«

Der Selbstmörder auf dem Reichsbahngleis
(Obdachlos ... »die Motive sind unbekannt«)
Der Leib blutleer eine weiße Plastik

Der Schädel aufgeklappt
Die rote Höhlung
Die ich betrachtete, *eine Gelegenheit*
Extrem
Wie die Liebe, die alles auf eine Karte setzt,
zuletzt
Genoß er dasselbe Geräusch, ein Rollen
Definitiv
Wie die Sensationen
von Ebbe und Flut.

IV

Oder aus dem Sand gebuddelt, Althusser
Ermangelnd mächtigerer Argumente
Schlug sie tot, sein EINUNDALLES,
die schwatzende
Doktrin wie sie leibt und lebt.
Loslassen, und wohin!
dann mit deinen Armen
Unglücklicher. Sartre
Im Empyreum, gibt ihm schüchtern die Hand
(Sein Denkmal steht, eine Moorleiche
Mit sich allein). Wir
Das Drüben konnte uns wenig kümmern
Dasselbe (bestenfalls) in Grün

Von unserer Insel Utopia
(Gemeinbesitz!
Geld: spielt keine Rolle, Arbeit für alle)
Vertrieben, aus Mangel an Fantasie,
genußunfähig
Gescheiterte
Reale Existenzen, *total mobil*
Im prêtexte der Simulation. Wir
(Sie redet, sie hört nicht mehr auf zu reden
Und rechtzuhaben, es ist nur eine Frage von Jahren
Dann schlug er sie tot)

Kein Vorschlag mehr. Das Problem
Heraustreiben und stehenlassen
Wie eine Tote
in deiner Biografie.

V

Frühstück, »Herr Ober, die Staukarte bitte«
...
Sie hocken im Modder wie komische Vögel
Die Krallen abwärtsgerichtet
Plastikbeutel als schwarze
Wehende Kröpfe, Muschelsucher
In La Tranche-sur-Mer. Einsame lüsterne Arbeit
Der Dichter,
für eine rohe Mahlzeit.
Was zählt

Das *Ende der Geschichte*
In diesem alltäglichen Schlick
Wo oben unten ist und Tod Leben.
... Und er benutzte die Zeit, darüber nachzudenken
Wie paradox es ist
Daß uns Stöße Genuß bereiten
»Ein Stochern im Leib ... dankbar aufgenommen«.
Im Gesicht einer Frau
Liest er, öffnet sich was sich öffnen läßt
Mund und Auge, mehr
Liest er im Gesicht einer Frau.
Siedendes Wasser. Sie schlürfen die Muscheln
Eine Nacht nach der andern
Betäubt mit Zitronen
Und ich hoffte wieder, mich der Dinge
Die mich treffen
Ein Erwählter
Würdig zu zeigen.

VI

Ein Mittag ohne Adresse, windflüchtig, süchtig
        Nach Sonne streunst du
                Aus dieser Schlucht Politik
                        (»dem Leben
Wiedergegeben«) in die blühende Steppe. Hättest
        Du dir das (und von wem)
Träumen lassen? Eine Watt-
        Wandrerin, unabhängig
                Deine Seele, von den Zapfsäulen
Spürst du das Schwimmgleichgewicht der Landmassen
        Auf dem pulsierenden Erdkern. *Themenwechsel*
                        Der Kannibalismus unter Galaxien
                Du kannst sagen, du bist dabei. Die Plattentektonik
Der Geschichte (»gleichsam ein Auffahrunfall«)
        Und der Superkontinent
                Pangäa erhebt sich
                        COCA COLA aus dem Weltmeer.
Jetzt hast du alles (was du nicht brauchst), atme auf

Sechzigmal der Wechsel der Jahreszeiten
        Dreimal der Wechsel der Zeitalter
Darunter machst du es nicht;
                                nimm
                Die Dinge, wie sie nicht länger sind
Mit kalter Achtung: kein Passant …
                                        en passant.

VII

Nackte Matratzen, stockfleckig, schamlos
In einem eisernen Doppelbett
Zwischen Tür und Fenster gerammt
Ergeben unter unsrer Last. Der Blickfang
Ein Nymphenfest aus dem Fundus
Der patronne, ein Geruch
Nach Umarmungen zahllos wie die Karos der Tapete
Eine Lauge von Leidenschaften
Küchenmessern und Schweiß. Hier

Ist der große Ort, meine Fröhlichkeit
Zu bekennen, wie jede andere Schuld
(Das Gefühl
Complice, verbraucht sich nicht BEI GEBRAUCH
Wie ein Seifenstück ... Wasche dich in Schuld)
An einen Rücken geschmiegt
Im ernstesten
Augenblick
Aus dem du hervorgehst,
ein Toter oder Verliebter
(»Er hat gezahlt«)
Verwandelt in einen Bastard
Aus Zufällen und Rassen
Und den Ekstasen
des Möglichwerdens
Das der Zauber, dem ihr erlegen seid, birgt
Ein Morgen, der taunaß die Läden öffnet.

VIII

Rollend zurück voran in die Normalität
        Stoß-
                stange an -stange
                        (Wohin denn ich?), die Blockade
Vor Fontainebleau. Die Leib-
        Eigenen in ihren Karreten ruhend
Bis zum Verrecken. STILLSTAND, o
                Nachsitzen in der Kolonne, heitere
Stunden der Wahrheit,
                                        Vision einer reglosen Stadt
»Man lebt: man sichtet das Material des Lebens«
(Virilio)
                        Ringsum der verlassene Landstrich.
Im Wald von Barbizon
                                        der Krieg der Bilder
        Die Reisenden ohne Ankunft
                »Verzweiflungstouristik«
        Pastose Manier, in Motoröl.
Daß es so weitergeht, wußte er, ist die Katastrophe.
Und er
          hockte sich zwischen die alten herrlichen Bäume
                Und konnte scheißen
        Und ging zurück zu den Rastenden in das
Alte Beieinander,
                              gemalt von Millet.

Und der Brand am Rand
        Dieses Texts, der sich weiterfrißt

IX

Chinaschilf auf deutschen Äckern / die Grundbesitzer
    Trampeln den Morgen breit,
                                        wie weiter
        Nach der Pointe deines Lebens
Der Rest Süße einer großen Flur

    Im Schatten glühend bleib ich (...)

PLINIUS GRÜSST TACITUS

(Für Heiner Müller)

Warum fuhr Plinius mitten in die Katastrophe
Als die Wolke aufstieg in der Gestalt einer Pinie
Weiß und schmutzig wie die Elemente, die sie emporriß
Als einem Mann mit wissenschaftlichem Interesse
Schien ihm die Sache wert, aus der Nähe betrachtet zu werden
Er rief nach seinen Sandalen und ließ Vierdecker
Zu Wasser bringen und hielt mit dem günstigen Wind
Auf den Vesuv zu *Dreck und glühender Bimsstein*
Warum blieb er nicht in sicherer Entfernung
An seinem Kartentisch in Misenum
Er kannte die *wahre Natur* der Erhebung
Harmlos begrünt bis hinauf zum Gipfel, die Bauern
Siedeln in der Asche ihrer Hoffnung
Wenn das Gedächtnis abkühlt und kalkulieren kann
Wie du weißt, sind die Bodenpreise wieder gestiegen
Schreibt Plinius der Jüngere an Nepos
Weil der Prinzeps den Kandidaten auferlegt
Vor ihrer Wahl Grund und Boden zu kaufen
Eine Bleibe im Imperium Landhäuser am Vulkan
Die Risiken der politischen Aschenbahn, warum
Wollte er es genau wissen *Er eilte*
Dorthin, von wo andere flohen, gradewegs auf die Gefahr zu
Alle Gebilde des Unheils in die Feder diktierend
Während das Meer zurücktrat und Felsbrocken niedergingen

In seiner gesamten *Naturkunde* (37 Bände)
Hat er den Verfall vorausgesagt und das Weltende
Welches sich jetzt auf sein eigenes reduzierte
Ein Mann meines Alters mit unersättlicher Neugier *Er*
Ließ sich ins Bad tragen, speiste ruhig und legte sich nieder
In dem Grauen, mit vernehmlichen, wegen
Der Leibesfülle, Atemzügen
Warum blieb ich mitten in der Katastrophe
Meines Jahrhunderts *Die verratene Revolution*
Mit allen Verrätern, die es wissen wollten
Die Sache schien es mir wert usw. *Man stülpte sich Kissen*
Über den Kopf und verschnürte sie, das bot Schutz gegen den Steinschlag
Ich kannte die wahre Natur der Erhebung
Bepflanzt mit roten Fahnen bis zum Gipfel, dieArbeiter-
Und Bauern schrappen im Schlamm der Verheißungen
Ich habe den Untergang (bändeweise) beschrieben
Nur hin und wieder ein Schluck kalten Wassers
Und es wird nur mein eigenes Ende sein
Während dessen ich bade und speise
Von der Schlacke einer anderen Katastrophe
The Triumph of the West, written by J.M. Roberts
Aus der Nähe betrachtet ein Naturereignis
Bis der Abraum vor der Türe liegt knüppeldick
Warum verharre ich nicht
In meiner sicheren Hoffnung an meinem Schreibtisch
Man mußte nur ab und zu die Asche
Abschütteln, um nicht begraben zu werden

Die Dampfwalzen der Entwicklung *atemberaubend*
Die ihm den Schlund schloß Die Asche von Auschwitz
Die dunkle Wolke in der Gestalt eines Pilzes
Aus dem Boden schießend, warum fahre ich fort mit der Übung
In der kalten Lava der Revolution
Im Nilschlamm der Zivilisation
In einem viertürigen Autowrack im Abgas Neapels

NACH DEM FEUERWERK AM 14. JULI 95 IN STRASBOURG

Kümmere dich um die Küche, Jacques, der Feind frißt
Fastfood
In den Vogesen. Dank für den festlichen Himmel
Über den Ponts couverts, schön und teuer
Vor den schreckverzückten Augen. Nun laß es gut sein,
Junge.
Warum ein Atoll? warum Meere unterminieren.
Die Menge löst sich lebendig, mit einem Applaus in der
Nacht.
Genug. Es ist gut. Nun, willst du partout imponieren:
Mach uns den Feuerschlucker, im Elysée.

SCHREIBEN IM SCHREDDER

In einem Stall von 100 m Länge
Liegt der Mist bis an die Decke
MÜLLER MATERIAL MICKEL MAKULATUR
Eingeschweißt auf Paletten
Pfarrer Weskotts Aufgesammelte Werke
Aus dem Sturzacker des staatlichen Großhandels
Bei Espenhain das BROT FÜR DIE WELT
Die Nieselfelder der Hochkultur
Was für ein Umweg des Geistes
In die leeren Mägen, Wellfleisch aus Wellpappe
Wieviele Bände der GELEHRTENREPUBLIK
Reclam Leipzig, sind eine Mahlzeit
Man kann die Bücher auch anbrennen
Aber das hat keinen Nährwert
Und stört den Betrieb der Opernhäuser
WARUM SCHWEIGEN DIE DICHTER schämen sie sich
Ihrer Handschrift mit dem Stallgeruch
Des Staats, der in den Schredder kommt
ERRUNGENSCHAFTEN zum Schleuderpreis
Eine DEFA-Vision GESCHLOSSENE GESELLSCHAFT
Was für ein Umweg der Geschichte
Für ein Aufatmen, wieviele Staaten
Muß man einstampfen für einen Rest Atemluft
Die Literatur die auf der Straße liegt
Kann sie aufheben, aber wer liest sie
Das Feuilleton faselt auf Hiddensee
Über die MACHT DES FEUILLETONS

In das Schweigen des Meeres, ich schäme mich
Mit Schweinen gekämpft zu haben
Die ich für meine Gegner hielt, meine Genossen
Gegen die ich antrat ein treuer Verräter
In der schimmernden Rüstung der Worte
KEINE MACHT FÜR NIEMAND WIR SIND GLEICH
Getäuscht von ihrem heldenhaften Wühlen
In der Scheiße, die die Geschichte war
Und berauscht vom Mist, der die Macht war
In der Arbeitervorstadt SCHWEINEÖDE
Was für Kämpfe im Koben, und das Jauchzen
Nach Brüderlichkeit in der Jauche
Biermann klaren Augs mußte es ausbaden
In der Grube nebenan bis es ihm schmeckte
Berichteschreibende Schweine ER RESIDIERT
IN DER KANTINE DES BERLINER ENSEMBLES
UND LIESS SICH VON MIR EINE COLA BRINGEN
Grunzend an meinem Abendbrottisch
Glitschige Schweine in Amt und Würden
Was für Schlachten bis der Mist gedruckt war
Genehmigt, gebunden und ausgeliefert
An die Hungernden hungernd nach Wahrheit
Das Handgemenge um die Kopfarbeit
Der Unpersonen, die sie gepachtet hatten
T = TROTZKI im Panzerschrank von Suhrkamp
Die Kopfarbeit, ihm den Schädel zu spalten
AUSSAGE DER TOD DER IDEEN (QUELLE: IM Saint Just)
Oder GUEVARA und seine Kopfgeburt
Der neue Mensch verscharrt auf der Bühne

ES SCHEINT NICHT EMPFEHLENSWERT DEN
AUFFASSUNGEN B. S
WEITERE MASSENWIRKSAMKEIT ZU VERSCHAFFEN
Man kann das Theater auch anbrennen usw.
Wer liest sie auf die Toten im Text
Verfault im Massengrab der Literatur
Wenn der Sohn keine Oden liest sondern Akten
Die Lektüretips aus der Gauck-Behörde
Pastors erbeutete Beichten HAMLET
OHNE GEHEIMNIS / SIE KÖNNEN DIE KLARNAMEN
BEANTRAGEN
Und kein Gedanke mehr an den Hunger der Welt
Während ein Dritter von der Kanzel steigt
Und ein FREUDENFEUER fordert für den Bischof
Schorlemmer der wittenbergische Sprosser
Das Feuilleton röstet ihn auf kleiner Flamme
Kämpft im Müll der Medien, aus reinem Unglauben
Was für Mahlzeiten, Fastfood am KUHDAMM
Wo bleibt die Resolution WIR PROTESTIEREN
GEGEN DIE EINBÜRGERUNG BIERMANNS
Unterschrift Unterschrift
Keine Milch mehr DEUTSCHLAND für die Kinder Kubas
Der neue Mensch noch kann nicht alt werden
Was für ein Umweg des Witzes
In die Wunde, wieviele Possen
Muß ich reißen für einen Moment des Erschreckens.

EINSTEINS WIESE

Der Makler führt mich auf den falben Hügel
Einsteins Wiese im krummen Raum
Der Geschäfte, Ginster mit Grundzins
DAS EXIL IN BENZINFREIER LUFT zum Liebhaberpreis
Böhmen am Meer wird eine Immobilie
In den Kulissen der Jahreszeiten
Brauche ich denn einen Grund? zum Leben
Nach der Vorschrift oder vor der Nachschrift:
Eben noch lagen wir im Unendlichen Weib Kind Eidam
Und wälzten uns aufm Boden grundlos froh
Arme Beine und Zunge an der Narbe des Grases.

DIE BÄUME VON KYOTO

Den Menschen strengt sie an. Er hat mehr im Sinn. Er ist ungeduldig und rohgemut. Er hält einmal ein, wenn der Beton reißt, das sind die hellen Momente. Manchmal scheint es, er verliert sein Gesicht auf immer. Da greift er vor sich in die Erde und Himmel, als wäre seines Bleibens nicht. Die Natur steht gelassen, atmet das Licht und arbeitet ruhig. Sie läuft nicht (sagt man) nach ihren Blättern. Sie verläßt sich auf ihr Ingenium, das Chlorophyll. Sie überlegt lange: bis sie dann blüht. Das ist die Vernunft. Aber sie kann verzweifeln.

NACH DEM MASSAKER DER ILLUSIONEN

Guevara unter der Rollbahn mit abgehackten
Händen, »der wühlt nicht weiter« wie
Wenn die Ideen begraben sind
Kommen die Knochen heraus
Ein Staatsbegräbnis AUS FURCHT VOR DER
  AUFERSTEHUNG
Das Haupt voll Blut und Wunden Marketing
GEHT EINMAL EUREN PHRASEN NACH
BIS ZU DEM PUNKT WO SIE VERKÖRPERT WERDEN
Waleri Chodemtschuk, zugeschüttet
Im Sarkophag des Reaktors, kann warten
Wie lange hält uns die Erde aus
Und was werden wir die Freiheit nennen

DAS MAGMA IN DER BRUST DES TUAREG

Mit dem deutschen Paß am Agadir Aerport
In der Wintersonne: ein Identitätstausch
Sklaven belauern mich, und Diebe
Streichen um meinen Fuß, wer bin ich
Ein Nomade im 4-Sterne-Hotel, Zimmer mit Meerblick
Ich kann mir die Jahreszeit aussuchen
FREIZEIT EINE EPIDEMIE noch in der Montur
Des Touristen ein Arbeitsloser lungernd
In den last-minute-Ländern LEBENSLÄNGLICH
Der Wegwerfmensch, nur COCA COLA braucht mich
Die Teetrinker Marrakeschs sind noch zu bekehren
Zu den globalen Göttern, und ich
Nicht mehr getrieben, den Ort zu finden und die Formel
Zugehörig allen unnützen Völkern.

6. 5. 1996

Ich verschlief den Morgen im Art-Hotel, es regnete
Bindfäden in die Elbe, kein Frühstück
Aber ein hungriger Blick auf die Wände
Penck, Sohn keiner Klasse, malt sich ein Museum
Jagdmotive für Höhlenbewohner WESTKUNST oder
DIE STRICHMÄNNCHEN DER PLANUNG, das Taxi
Steckte im Stau auf der ~~Dimitroff~~ der Augustusbrücke
Nichts ging mehr während meine Mutter starb
Ich ging zufuß umrundend eine Erdramme
Gerät das Antaios ein Bodenspekulant
Aus Libyen mit seinen Leiharbeitern
Die Stadt war aufgerissen wie nach dem Angriff
Barockschutt, man kann in den Fundamenten wandeln
Und den Irrtum suchen, in der Staatskanzlei
Ein stummes Getümmel, statische Künstler
Sie halten sich unter jeder Regierung
Adam Schreier Güttler Hoppe und Braun
GEHE NIE ZU DEINEM FÜRST
WENNDE NICH GERUFEN WIRST
König Kurt der Frühaufsteher
Versammelte die unausgeschlafene Akademie
Zu einem Morgenappell, meine Müdigkeit
Ist verwickelterer Herkunft, ich gähne
Aus mehr Epochen, mein Spott ist Spätlese
Aus der Hanglage meines Bewußtseins
Am Ort meiner fristlosen Entlassung
Wir drucken FRÖSI fröhlichsein und singen

Vier Farben Offset JA WENN DIE KINDER
IMMER KINDER BLIEBEN mein wacher Bruder
Bestätigte meine politische Unreife
Der zweite fuhr schwarz über die Grenze
Einer von fünfen, das verlangte der Realismus
Ich trug der Tochter eines Musikers den Koffer
Sie wollte Musik ohne Politik studieren
Hellwach nach der Liebesnacht zum Bahnhof
Im Land Hanns Eislers vergeblichen Streiters
Gegen die DUMMHEIT IN DER MUSIK
Auf dem Heimweg wurde ich ein Dichter in Deutschland
Zwischen Stoppelfeldern unter dem Sternhimmel
Eine Schlammspur unter den Füßen, jedenfalls Sand
Auf den Korridoren der Macht, meine Sanftmut ist hart
Erarbeitet in der Zementfabrik SOZIALISMUS die Frage
Die keine Antwort zuließ bzw. die Antwort
Die keine Fragen zuließ, in Moskau ist jetzt die Synode
Zusammengetreten und diskutiert die Frage:
KANN DIE APOKALYPSE IN EINEM LAND
STATTFINDEN?
Der Witz ist auch dünne geworden, wie plattgemacht
Goldmann, mir schlafen die Füße ein
Auf dem Parkett, wir waren zu lange wach
Überwach vom Warten auf den Morgen
Bis uns dämmerte daß er vergangen war
Ich trank Sekt in der Sächsischen Akademie
Während meine Mutter starb, ich sah sie gestern
Leben in dem ausgemergelten Körper, der Schmerz
Krümmte sie in ihre letzte Gestalt, sie hatte
Einen Moment den Mut verloren und war müde geworden

Gelegenheit, sie RUHIGZUSTELLEN, sie lag
Den Kopf zurückgebogen und hob verwundert /
Empört den Arm, in dem die Kanüle steckte
Und griff sich ins Gesicht an die Sauerstoffsonde
Ohne uns wahrzunehmen / handeln zu können, heute
Finden wir sie abgestellt im Keller, gleich an
Der Tür, eine Binde um das Kinn, der Kopf
Mumienhaft klein, ein Fetzen Mull auf dem Auge
Ist liegengeblieben, die Wangen kalt
Ich habe noch dreißig Jahre zu leben
Ich sitze an einem Tisch mit meinem toten Vater
Es gibt Gräupchen, der Landser löffelt
Das Gewehr geschultert, sie schmecken salzig
Von den Tränen die heimlich über dem Herd
Hineingemischt werden, oder zwanzig
Wenn ich nicht müde werde künstlich ernährt
Von meinem Zeitalter OSTEN WESTEN
EINE VERMISCHUNG sagt Penck UNTEN OBEN
Die Schnellgeburten aus schwarzem und rotem Acryl
Nein eine Trennung DRIN UND DRAUSSEN
LEBEN UND TOD, wann wird der Dichter
Geboren, NACH JAHREN DER NIEDERLAGE
UND GROSSEM UNGLÜCK WENN DIE KNECHTE
AUFATMEN
UND DIE BILDER ERWACHEN VOR DEM UNGEHEUREN
ANBLICK.

ANMERKUNGEN

Das Gründel
Wiesengrund in Rochwitz bei Dresden.

Schiff im Land
Geschrieben August 1963. Die *Pfütze* Europas: aus Rimbauds *Bateau ivre* (1871).

Letzter Aufenthalt auf Erden
Geschrieben am 22. September 1973, zwei Tage vor dem Tod Nerudas, als sein Gedicht *Die Satrapen* von der argentinischen Zeitung *Opinion* veröffentlicht worden war.

Die Gummikneteranlage
Die Rede ist vom Kabelwerk Oberspree. Nach einem Zeitungsbericht.

Die Stufen
Aus *Großer Frieden*, 8: Ansprache des Philosophen Wang auf der Tretmühle, 2000 Jahre vor unserer Zeit. Zu Shakespeares *Troilus und Cressida,* I/3.

Machu Picchú
Die zugewachsene Stadt in den westlichen Anden, 2450 m ü. M., wurde 1911 von Hiram Bingham entdeckt. Neruda widmete ihr ein bedeutendes Kapitel im *Großen Gesang*. *Die mit den großen Ohren:* die privilegierte Schicht der Inkas, die schweren Schmuck in den Ohren trug. *Auf dem Thron:* Inka Manco Capac, 1533.

Du bist verloren: nun genieß den Hohn
Geschrieben in Kuba, Februar 1976. Anhang zum Band *Training des aufrechten Gangs*.

Vom Besteigen hoher Berge
Nach Lenin. Das Gleichnis eröffnet seine unvollendeten *Notizen eines Publizisten,* Februar 1922.

Der Müggelsee
Geschrieben am Zürichsee, Sommer 1977. *Von des schimmernden Sees Traubengestaden her; Freude! / Volles Maßes auf uns herab:* aus Klopstocks Ode *Der Zürchersee,* 1750. *Der Ältere:* Klopstock.

Italienische Nacht
TORINO, GRANDE TORINO u.f.: Schlagzeilen der Gazetta del Popolo am 17. Mai 1977. Das vorgebliche *Grabtuch* Jesu wird im Duomo di San Giovanni in Turin noch gezeigt.

Pankower Elegie
Nach Goethe, *Römische Elegien* XVIII (1789). Indem heute (1983) ein anderes »Gift« *jegliche Faser empört.*

Der Frieden
Langsam wandelt die schwarze Wolke u.f.: aus Klopstocks Ode *Die Frühlingsfeyer* (1759). »Und es kann soweit kommen, daß die Entscheidungen völlig Rechnern und Robotern übertragen werden müssen. Und damit macht man die menschliche Zivilisation zu einer Geisel von Maschinen.« Gorbatschow. Sein Vorschlag, bis zum Jahr 2000 alle Atomwaffen zu vernichten, wurde der fantastische Gegentext.

Das innerste Afrika
Dahin! Dahin! u.f.: aus Goethes Gedicht *Mignon* (1783). *En quelque soir, par exemple* und *Non! wir werden den Sommer nicht mehr in diesem geizigen Land verbringen:* aus Rimbauds *Illuminations (Soir historique / Quvriers;* etwa 1873). *Komm! ins Offene, Freund!* und *Denn nicht Mächtiges ists*: aus Hölder-

lins unvollendeter Elegie *Der Gang aufs Land. An Landauer* (1800).

Dresden als Landschaft

Sanft gehen wie Tiere die Berge neben dem Fluß: einziger noch geltender Vers aus Czechowskis Gedicht *An der Elbe* (1957). *Rudolph:* Wilhelm R., Holzschneider, Zeichner und Maler in Dresden. Das Gedicht entlehnt seinen wirschen Ton. Vgl. SINN UND FORM 5/81, *Der alte Wilhelm Rudolph* von Horst Drescher. *Das gekrümmte Schranzen-Volk:* sagt Jean Paul 1798. *Das liebe Dresden:* sagt Heinz Knobloch 1974.

Burghammer

Tagebau in der Niederlausitz, in dem ich mich Ende der fünfziger Jahre festhielt; 1983, als das Gedicht entstand, war er längst ausgekohlt. *Albert:* A. Wach, Urbild des Kippers Paul Bauch. *Aber zu tun bleibt mehr* u.f.: aus Ovids *Metamorphosen* V. *Wer kennt sich selbst* u.f.: aus Goethes Gedicht *Ilmenau* (1783).

Offene Rechnung

Kantemir: Antioch Dmitrijewitsch K. (1709-1744), verfaßte neun Satiren in syllabischem Versmaß, die erst nach seinem – zugegebnermaßen kurzen – Leben in Rußland erscheinen konnten.

Das gebremste Leben

Meteln: Dorf in Mecklenburg. *Rudi, Der Ausgewiesne:* R. Bahro, alternativer Denker.

Olof Palme

Wozu diese ganzen Länder? fragt Neruda in *Es gibt kein Vergessen* 1935 (*Aufenthalt auf Erden*, 2, in Enzensbergers Übersetzung). *Denn irrlos gehn, geradeblickend die:* aus Hölderlins Hymne *Der Rhein* (1801).

Benjamin in den Pyrenäen
Die Bergbesteigung skizziert zugleich Benjamins Schaffensmethode. Vgl. sein *Passagen-Werk*, an dem er von 1927 bis zu seinem Tod 1940 schrieb, und Lisa Fittkos Erinnerungen *Mein Weg über die Pyrenäen*.

Die dunklen Orte
Hölderlin sagt ausführlicher: »es wohnt, wie im Orkus / Ohne Göttliches unser Geschlecht. Ans eigene Treiben / Sind sie geschmiedet allein und sich in der tosenden Werkstatt / Höret jeglicher nur und viel arbeiten die Wilden / Mit gewaltigem Arm, rastlos, doch immer und immer / Unfruchtbar, wie die Furien, bleibt die Mühe der Armen.« (*Der Archipelagus*, 1800) So scheint es nicht. *Koch:* Hans K., Literaturwissenschaftler, starb 1987.

Der weise Mann im Osten
Die szenischen Anweisungen folgen Axel Richters Inszenierung des *Nathan* am Volkstheater Rostock 1987.

Andere Gegend auf der Heide
This is a brave night: to cool a courtezan, heißt es in Shakespeares *King Lear,* III, 2.

Antikensaal
Der *Mann, der neben der Startbahn wohnt:* eine Metapher Rudolf Bahros in seinem Vortrag *Wer kann die Apokalypse aufhalten?* (Stockholm 1982). *Hör mal, ob dein Herz noch schlägt:* Sprayschrift in der Spiegelgasse in Zürich. *Zuvielisation! Mörder!* und *Cordula, i ha di lieb! Natalie:* Sprayschriften in Basel.

Die Zickzackbrücke
Die sogenannte Neun-Biegungen-Brücke in Shanghai (sie führte, unpassierbar für die bösen Geister, in den Privatgarten des Gou-

verneurs Pan Yunduan). Sie war dem, politisch erschöpften, Reisenden Metapher für die Geschichte, *gut / für Überraschungen:* im Mai 1988, in Erwartung der *Wende.*

Der 9. November
Berlin, nun freue dich: sagte der Regierende Bürgermeister Momper in der Nacht der Maueröffnung, 1989.

Das Eigentum
Das Gedicht antwortet dem alten Text *Das Lehen* (1980), in dem die Frage war: »Wie komm ich durch den Winter der Strukturen.« *Und ich kann bleiben wo der Pfeffer wächst:* »Die toten Seelen des Realsozialismus sollen bleiben, wo der Pfeffer wächst« schrieb Ulrich Greiner in der ZEIT vom 22. Juni 1990.

Das Theater der Toten
Rotoli: Bei Palermo. *Privatpöbel* nannte der Wittenberger Pfarrer Schorlemmer seinen ostdeutschen Mitbürger, »dienstbar jedem, der ihm das Maul auf angenehme Weise stopft«.

Schreiben im Schredder
Pfarrer Weskott barg nach dem Umbruch 1989 Hunderttausende Bücher aus der Deponie des Leipziger Kommissionsgroßhandels und speicherte sie in den Ställen Katlenburgs.

Einsteins Wiese
Hochland auf Hiddensee.

Nach dem Massaker der Illusionen
Geht einmal euren Phrasen nach: ruft der Deputierte Mercier seinen Mitgefangenen zu, und Danton antwortet: »Man arbeitet heut zu Tage Alles in Menschenfleisch. (...) Mein Leib wird jetzt auch verbraucht«, in Büchners *Dantons Tod*, III.

Das Magma in der Brust des Tuareg
Getrieben, den Ort zu finden und die Formel: ist Rimbaud in *Vagabonds* (etwa 1873).

6. 5. 1996
König Kurt: Kurt Biedenkopf, Ministerpräsident von Sachsen. *Ja, wenn die Kinder immer Kinder blieben*, dann / Könnte man ihnen immer Märchen erzählen, sagt Brecht in *Die Jugend im Dritten Reich* (1937). *Wann wird der Dichter geboren*: folgt Diderot, *Von der dramatischen Dichtkunst*, 1758.

INHALT

Volker Braun im Suhrkamp Verlag

Georg-Büchner-Preis 2000

Berichte von Hinze und Kunze
es 1169. 90 Seiten

Bodenloser Satz
Kleine Reihe
40 Seiten. Büttenbroschur

Böhmen am Meer
Ein Stück
es 1784. 62 Seiten

Es genügt nicht die einfache Wahrheit
Notate
es 799. 150 Seiten

Gesammelte Stücke
Zwei Bände
es 1478. 276 Seiten

Hinze-Kunze-Roman
st 3194. Etwa 280 Seiten
(Oktober 2000)

Iphigenie in Freiheit
36 Seiten. Büttenbroschur

NF 206/1/4.00

Langsamer knirschender Morgen
Gedichte
92 Seiten. Broschur

Lustgarten, Preußen
Ausgewählte Gedichte
st 3124. 177 Seiten

Der Stoff zum Leben 1-3
Gedichte
Mit einem Nachwort von Hans Mayer
BS 1039. 108 Seiten

Tumulus
47 Seiten. Klappenbroschur

Das ungezwungene Leben Kasts
Erweiterte Ausgabe
st 546. 191 Seiten

Unvollendete Geschichte
BS 648. 98 Seiten

Die Unvollendete Geschichte und ihr Ende
BS 1277. 122 Seiten

Verheerende Folgen mangelnden Anscheins
innerbetrieblicher Demokratie
Schriften
es 1473. 157 Seiten

NF 206/2/4.00

Die vier Werkzeugmacher
Kleine Reihe
51 Seiten. Büttenbroschur

Wir sind erst einmal am Ende
es 2088. 181 Seiten

NF 206/3/4.00

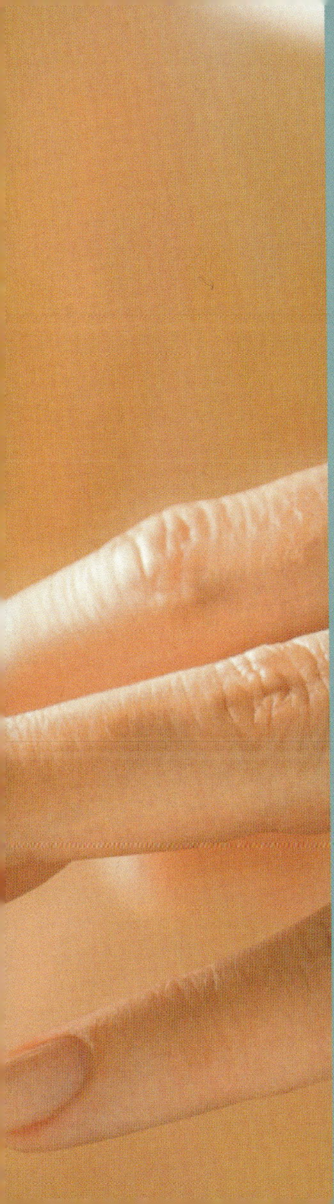

Reflexzonen-behandlung: Entdeckung und Wirkung

Die meisten Menschen haben schon einmal von Reflexzonen gehört, viele halten ihre Behandlung für eine alte und kompli-zierte chinesische Heilmethode. Kein Wunder also, dass die Reflexzonenmassage noch keinen Eingang in unseren Alltag gefunden hat.

Die Kartografie der Gesundheit

Reflexzonen folgen einem leicht verständlichen Prinzip. Stellen Sie sich einmal vor, Ihre Organe könnten bei Störungen einen Diaprojektor einschalten, der die Probleme anzeigt. Die Reflexzonen sind in diesem Fall die Notrufbilder auf einer Leinwand, die wir überall mit uns tragen: unsere Haut. Der Notruf der Organe erscheint darauf als Rötung, Aufquellung, Pickel oder Ekzeme, um nur einige Möglichkeiten zu nennen.

Beachten Sie die Notsignale!

Wenn wir bei einem Ess- und Trinkgelage eine Schlachtplatte verspeisen, werden Leber und Galle bis an ihre Grenzen gefordert. Die Notsignale äußern sich dann in Form von Aufquellungen der Leber- und Gallenzonen in den verschiedenen Reflexzonensystemen, beispielsweise an den Füßen oder am Rücken. Manchmal tauchen am nächsten Tag sogar Hautunreinheiten in den dazugehörigen Zonen im Gesicht auf. Die Reflexzonen zeigen uns außen an, dass innen etwas nicht stimmt. Verständlicherweise helfen kosmetische Maßnahmen in solchen Fällen nur wenig. Wenn wir hingegen die betreffenden Organe unterstützen, verschwinden die Hautprobleme von selbst. Im Fall der Schlachtplatte wären außer Reflexzonenmassagen auch Kräutertees mit Bitterstoffen empfehlenswert, weiterhin eine Fett- und Alkoholabstinenz zur Leberschonung. Dann können die Organe ihren Diaprojektor wieder ausschalten.

Wie verstehe ich die Notsignale richtig?

Eine kleine Zeichenkunde
Diese Erscheinungen lassen folgende Rückschlüsse auf den Zustand im Bindegewebe der zugehörigen Organe zu:

Rötungen und empfindliche Zonen	Das Organ hat einen Energieüberschuss
Aufquellungen	Meist besteht eine Reizung durch Übersäuerung im Bindegewebe
Pickel	Das Bindegewebe des Organs ist verschlackt und drückt seine Belastungen auf diesem Weg heraus
Ekzeme	Das Bindegewebe ist massiv überreizt – fachliche Abklärung!
Blasse Zonen	Das Organ hat einen Energiemangel
Einziehungen	Deutliche Unterversorgung dieses Gebietes
Knötchen	Im Bindegewebe werden Stoffwechselschlacken deponiert
Warzen	Emotionale Belastungen – auf die „Organsprache" achten

Reflexzonen – die Landkarten des Körpers

Allein die oben stehende Tabelle rechtfertigt den Ruf der Reflexzonen als Landkarten der Gesundheit. Doch die Reflexzonen bieten mehr: Sie erlauben uns nicht nur, Störungen zu erkennen, sondern auch direkt auf die Körperfunktionen einzuwirken. Es eröffnet sich uns ein wahres Eldorado an Möglichkeiten, das für den Laien ebenso interessant ist wie für professionelle Therapeuten und Anwender von Wohlfühlbehandlungen.

Reflexzonenmassage wirkt garantiert!

Die Wirkung der Reflexzonenbehandlung ist bewiesen. So konnte die Physiotherapeutin Elisabeth Diecke 1928 ihr Bein vor der Amputation retten, indem sie ihre Reflexzonen am Rücken täglich intensiv massierte. Ihre Technik, die Bindegewebsmassage, gehört seither zum Lehrplan der Masseure und Physiotherapeuten. Zur selben Zeit nutzte auch der Arzt Ferdinand Huneke die Rückenreflexzonen für seine Neuraltherapie – eine Methode, die nach wie vor von Ärzten und Heilpraktikern geschätzt wird.

Die Erfolgsgeschichte der Fuß-Reflexzonenmassage

Auch die bekanntesten Reflexzonen, die an den Füßen, haben eindrucksvolle Erfolge möglich gemacht. Ende des 19. Jahrhunderts von Fitzgerald entschlüsselt, trat ihre Behandlung rasch ihren Triumphzug um die Welt an. Bereits um 1900 gehörte sie zu den häufigsten Therapien in New York, und dank Frau Hanne Marquardt ist sie auch aus dem deutschsprachigen Raum nicht mehr wegzudenken. Nach 100 Jahren gibt es nun auch erste wissenschaftliche Ansätze, die millionenfachen Erfolge der Reflexzonenbehandlung zu erforschen. So konnten Dr. Erich Mur und sein Team an der Universität Innsbruck in einer aktuellen Studie nachweisen, dass sich die Durchblutung der Nieren nach einer Massage der Nierenzonen an den Füßen deutlich erhöhte, während die Massage der Kopfzonen bei der Vergleichsgruppe keine Wirkungen auf die Nieren zeigte.

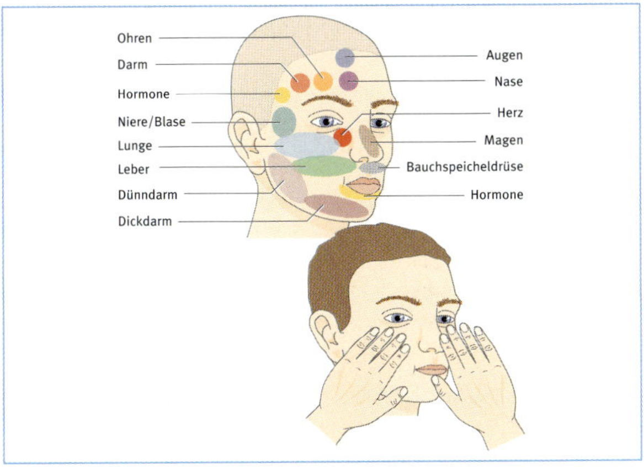

Das Gesicht bietet neben den kosmetischen Aspekten interessante Reflexzonenzuordnungen zu den Organen.

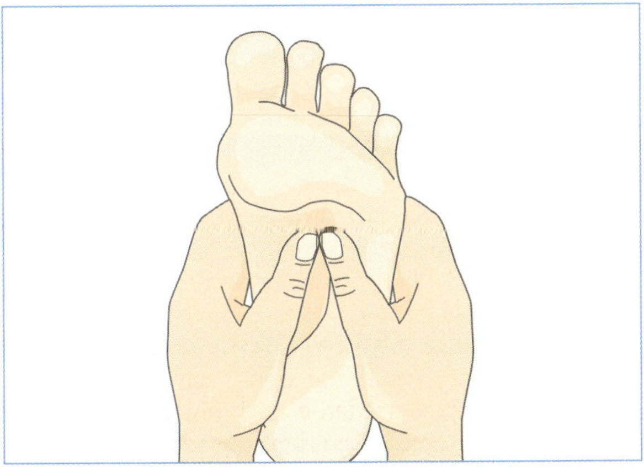

Ausgiebige Massagen der Fußreflexzonen sind eine Wohltat und unterstützen Leib und Seele.

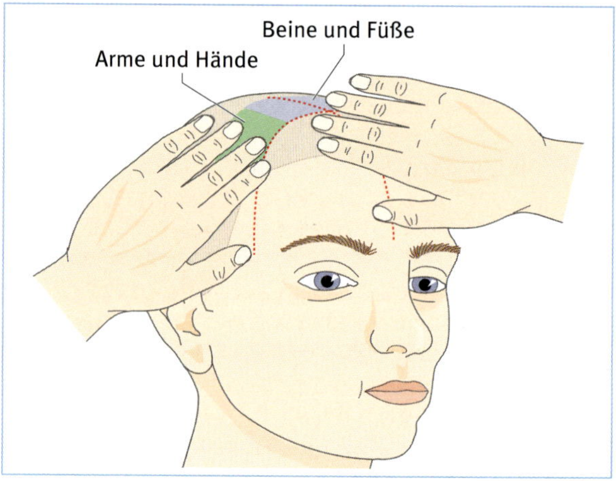

Reflexzonenmassagen am Kopf helfen bei Störungen des Bewegungsapparats und sorgen für bessere Durchblutung.

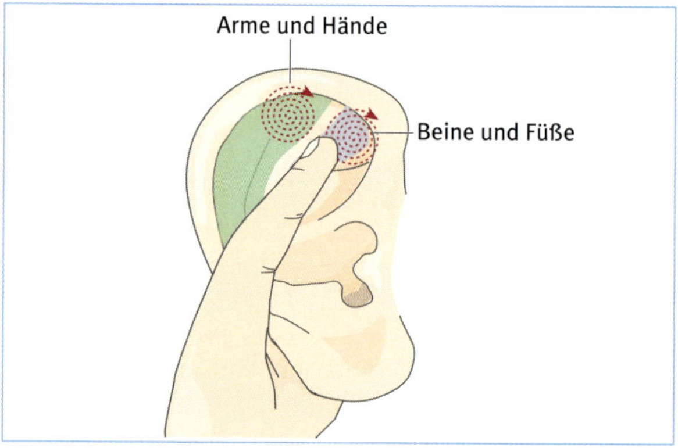

Mit Reflexzonenbehandlungen am Ohr lassen sich viele Beschwerden lindern und Körperfunktionen verbessern.

Die Kartografie der Ohren

Manche Reflexzonensysteme, zum Beispiel am Ohr oder am Schädel, werden häufig mit Nadeln behandelt. Dies lässt jedoch nicht darauf schließen, dass die Reflexzonen den Gesetzmäßigkeiten der Akupunktur folgen. Sehen wir uns dazu das System an den Ohren etwas genauer an. Viele Kulturen haben die Ohren mit einer besonderen Aufmerksamkeit bedacht, aber erst der französische Arzt Paul Nogier konnte in den 50er-Jahren mit seinem „Kneiftest" die Zusammenhänge zwischen bestimmten Ohrzonen und Körperstrukturen nachweisen: Er prüfte den elektrischen Hautwiderstand am Ohr, kniff dann den Probanden ins Knie und maß erneut das Ohr. Dass sich die gefundenen Punkte bei den Probanden glichen, wertete er als Indiz dafür, dass sich dort der Kniepunkt befinden musste – eine Annahme, die inzwischen vielen Menschen mit Kniebeschwerden geholfen hat. Daraufhin entschlüsselte er nach und nach auch die anderen Organlokalisationen und erstellte eine Kartografie der Ohren.

Reflexzonenmassage wirkt anders als Akupunktur

Das Prinzip der Reflexzonen besteht darin, dass jeweils eine Zone einer ganz bestimmten Körperstruktur beziehungsweise einem Organ zugeordnet ist. Für die Akupunktur hingegen sind einzelne Punkte jeweils Schleusentore in einem körperumspannenden System von Energiekanälen. Wenn ein Kanal zu viel oder zu wenig Energie aufweist, muss der eine oder andere Schleusen- oder Akupunkturpunkt „betätigt" werden. So sind im Gegensatz zu den Reflexzonen bei der Akupunktur die Punkte nicht direkt einem Organ zugeordnet. Vor der Akupunktur muss jeweils geprüft werden, welcher Kanal im Körper eines Menschen in Unordnung geraten ist. Erst dann sind wir in der Lage, die geeigneten Schleusentore mit Nadeln zu behandeln oder mit Fingerdruck zu massieren. Im Gegensatz zu den Reflexzonen ist diese Diagnostik ein komplexes Unterfangen und wahrlich eine hohe Kunst.

Wie funktioniert der Transport der Reflexe?

Nachdem wir die Reflexzonen kartografiert und viele Möglichkeiten für den richtigen Umgang mit ihnen gefunden haben, stellt sich die Frage, auf welchem Weg die Impulse von der Galle zu den Reflexzonen gelangen und wieder zurück? Um es gleich vorwegzunehmen: Wir wissen es nicht, denn die klassischen Nervenleitungen sind für diesen Transport nur begrenzt geeignet. Dennoch gibt es zwei Erklärungsmodelle, die schlüssig erscheinen und wahrscheinlich beide richtig sind.

GUT ZU WISSEN

Zum einen können die Informationen das riesige Netz des vegetativen Nervensystems nutzen, das jeden Winkel unseres Körpers erreicht, und zum anderen besteht ein den ganzen Körper umspannender Funkkontakt zwischen allen Zellen in unserem Organismus.

Ein komplexes Netzwerk

Wir stellen uns vor, dass das vegetative Netzwerk ähnlich wie das Internet funktioniert: Über ihren Netzzugang senden die Organe E-Mails an die Reflexzonen und erhalten E-Mails von ihnen. Außer diesem Festnetz verfügen wir über ein faszinierendes Mobilfunknetz.

Prof. Fritz-Albert Popp hatte in den 70er-Jahren entdeckt, dass alle unsere Zellen mittels eines ultraschwachen Laserlichts, Biophotonen genannt, miteinander in Verbindung stehen. Unsere Zellen haben sozusagen eine Hotline, über die sie ihre Befindlichkeit mitteilen können. Wenn es uns technisch möglich ist, einen Drucker in New York von München aus zu aktivieren, so dürfen wir darauf vertrauen, dass auch unsere Galle in der Lage ist, im Fall einer Störung gleichsam eine vegetative E-Mail oder eine Licht-SMS an die Reflexzonen zu senden.

Die Haut – ein unendliches Forschungsobjekt

Die letzten weißen Flecken auf der Landkarte haben wir erforscht. Jetzt sind wir seit geraumer Zeit dabei, den Weltraum zu erkunden. Dabei vergessen wir häufig, dass auf unserer Körperoberfläche, der Haut, noch ein Universum auf seine Entdeckung wartet. Möge das Interesse an den Reflexzonen der Forschung einen Schub geben, sodass unsere Unkenntnis bald der Geschichte angehört.

WICHTIG

Trotz aller Ungewissheiten über den Impulstransport ist eines gewiss: Die Informationen kommen an.

Die Erfolgsgeschichte der Reflexzonenmassage

Aller Wahrscheinlichkeit nach begann es mit Körperbemalungen und Tätowierungen. Die 350 000 Jahre alten Pigmente, die englische Wissenschaftler in Sambia gefunden haben, legen nahe, dass unsere steinzeitlichen Vorfahren nicht nur Jagdszenen auf Felswänden verewigten, sondern auch die Haut mit Zeichen versahen.

Die Ursprünge der Heilanwendungen in der Steinzeit

Solche Rituale pflegen bereits die australischen Ureinwohner oder die südafrikanischen Buschmänner der Kalahari teilweise bis heute. Das Ziel dieser Rituale besteht darin, die Götter und Geister in Krankheitsfällen günstig zu stimmen. Als die Menschen der Steinzeit ein Bewusstsein entwickelten, hatten sie bereits umfangreiche Erfahrungen mit Heilanwendungen gesammelt. Dieses Wissen wurde von den folgenden Generationen in zunehmendem Maße systematisiert und in vielen Tausenden von Jahren bis heute methodisch weiterentwickelt.

Die Reflexzonen in den unterschiedlichen Kulturen

Zuerst entstanden die Kräuterheilkunde und die gezielten Massagen. Offensichtlich haben sich dabei einige Punkte und Zonen besonders bewährt. Dies zumindest

GUT ZU WISSEN

Reflexzonen sind weltweit in den verschiedensten Kulturen und Zeiten bekannt. Die Belege dafür finden sich in 4300 Jahre alten ägyptischen Wandmalereien im Ärztegrab von Sakara, in der Beschreibung des Chinesen Wang Li, die vor 2400 Jahren entstand, oder in den Darstellungen der mittelamerikanischen Maya-Kultur.

zeigen uns die tätowierten Punkte auf der Haut eines Mannes aus der Jungsteinzeit, der vor 5300 Jahren im Ötztal seinen Tod fand. Nach seinem Fundort „Ötzi" genannt, gibt uns dieser Mann ein erstes Zeugnis eines „somatotopischen" Systems oder – einfacher ausgedrückt – von den Reflexzonen. Ötzis Tätowierungen weisen eine hohe Übereinstimmung mit dem System der Akupunktur auf; sie zeugen davon, dass wir schon damals in Europa eine hoch entwickelte Medizinkultur hatten. Daher wissen wir, dass die Reflexzonenbehandlung zu den Therapieformen gehören, die der Menschheit in die Wiege gelegt wurden.

Die Entdeckung der Nasenreflexzonen

In der Neuzeit standen die Reflexzonen Pate, als im 19. Jahrhundert die Neurologie als Wissenschaft aus der Taufe gehoben wurde. Ihr Wegbegleiter war Sir Henry Head, der 1893 die Zusammenhänge zwischen Wirbelsäulenetagen, Organen und Hautzonen – Dermatomen – beschrieb. Zehn Jahre vorher hatte Enrico Voltilini die Verbindung zwischen bestimmten Zonen in der Nase und den weiblichen Geschlechtsorganen aufgezeigt. Durch Verätzen dieser Reflexzonen mit Kokain konnte

Prof. Wilhelm Fließ in der Berliner Charité um 1900 vielen Frauen helfen, ihre Unterleibsbeschwerden loszuwerden. Statt sie zu verätzen, massieren wir diese Zonen heute sanft mit Wattestäbchen; das Kokain wurde durch ätherische Öle ersetzt. Gleichwohl ist die Behandlung der Nasenreflexzonen auch heute noch genauso wirksam wie bei ihrer Entdeckung vor mehr als hundert Jahren.

Die Erforschung der Fuß- und Handreflexzonen

Zu einem weiteren Meilenstein in der Geschichte der Reflexzonenbehandlung wurde die Aufschlüsselung des Systems der Fußreflexzonen durch den amerikanischen Arzt William H. Fitzgerald. Er hatte beobachtet, dass die Indianer den Füßen eine besondere Aufmerksamkeit schenkten, und fand heraus, dass die Füße ein Spiegelbild des Menschen darstellen. Dieser Entdeckung folgend, erstellte er eine Karte der Organe an den Füßen. Später übertrug er diese Systematik auf die Hände.

GUT ZU WISSEN

Inzwischen kennen wir mehr als 30 Reflexzonensysteme auf der Körperoberfläche, auf die wir im wahrsten Sinne des Wortes zugreifen können.

Seit 1950 trat eine Reihe von Reflexzonenpionieren auf den Plan, die weitere Karten unserer Körperoberfläche entschlüsselten. 1952 entdeckte Paul Nogier die Ohrreflexzonen, 1957 beschrieb Anton Strobl das System der Reflexzonen auf der Zunge, und 1978 entdeckte Hans Zeitler die Reflexzonen am Schädel.

Reflexzonen an Kopf und Bauch

Seit Mitte des 20. Jahrhunderts ist die Reflexzonenbehandlung der Kinderstube entwachsen. Dennoch hat man nicht alle Zusammenhänge erforscht. Immer wieder werden neue Systeme entdeckt: 1991 hat Toshikatsu Yamamoto Reflexzonen auf dem Kopf und am Bauch beschrieben.

Mitte der 90er-Jahre stellte Rita Klowersa ein Reflexzonensystem am Schlüsselbein vor, und wir dürfen annehmen, dass auf unserer Haut noch einige Entdeckungen zu machen sind.

Die Renaissance der Handreflexzonen

Seit dem 20. Jahrhundert feiert die Reflexzonenbehandlung in der Naturheilkunde einen Siegeszug nach dem andern, und inzwischen hat diese Erfolgswelle auch die Laienanwendungen erreicht. Mehr und mehr Menschen erkennen, dass sich viele Alltagsbeschwerden ohne großen Aufwand mit einfachen Massagen in den Reflexzonen beeinflussen lassen. Dabei erlebt besonders die Massage der Handreflexzonen eine Renaissance. Dies dürfte darauf zurückzuführen sein, dass sie einem kla-

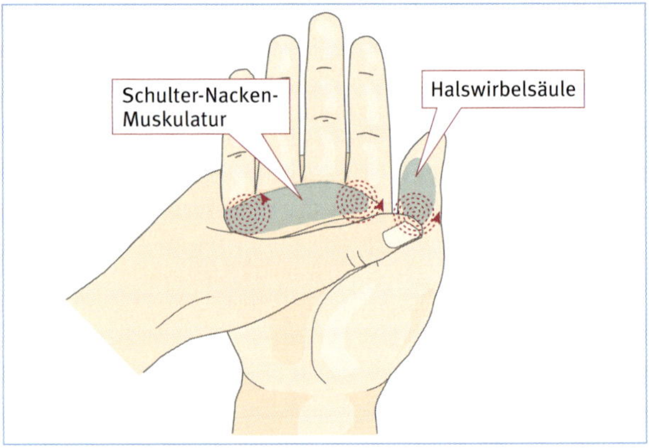

Eine der häufigsten Anwendungen in den Handreflexzonen: Diese Massagen entspannen Schulter und Nacken.

ren Grundprinzip folgt, einfach anzuwenden ist und überraschend gut wirkt, wie inzwischen auch so manche Skeptiker zugeben.

Die Reflexzonenmassage in der modernen Hausapotheke

Mittlerweile erlebt auch die Behandlung anderer Reflexzonensysteme eine Übernahme in die „Hausapotheke" für Alltagsbeschwerden. So weist die Reflexzonenbehandlung vom Beginn der Menschheit bis zum heutigen Tag eine Erfolgsgeschichte auf, die nur wenige Methoden in der Medizin erleben.

Massage, der erprobte Klassiker

Die Heilpriester der Pharaonen wendeten bereits Massagen an; dem griechischen Arzt Galen war ihre Wirkung bekannt, und auch Avicenna, der große arabische Arzt des Mittelalters, beschrieb ihren positiven Effekt. Wir kennen keine Kultur ohne Massagen und dürfen annehmen, dass sie zu den ältesten Heilmethoden gehören.

Die Vielfalt der manuellen Therapie

Die Massage begegnet uns fast überall. Wir reiben uns nach einem Sturz die schmerzhaften Stellen, und die Physiotherapeuten legen Hand an, wenn eine Gelenkfunktion gestört ist. Wenn eine Mutter ihrem Kind die Hand auf einen blauen Flecken legt, wirkt schon die Berührung wahre Wunder. Unsere Hände ermöglichen uns eine solche Vielfalt an Methoden, die letztlich einem grundlegenden Behandlungsprinzip folgen. Die Tabelle zeigt, dass die Palette der manuellen Therapien (manus – lat.: Hand, therapeuein – griech.: Hilfe leisten) von der Massage über die Chiropraktik bis hin zu den psychotherapeutischen und energetischen Methoden reicht.

Die verschiedenen Behandlungsmethoden

Weichteil-Behandlungen	Impuls-Kommunikation	Körperorientierte Psychotherapien	Energie pur
Klassische Massagen	Reflexzonenmassagen	Feldenkrais-Methode	Rei-Ki
Lymphdrainage	Akupressur	Rolfing	Handauflegen
Physiotherapie	Shiazu	Bioenergetik	Aura-Behandlung
Atemmassage	Ayurvedische Massage	Boyesen-Massage	
Chiropraktik	Cranio-Sacral-Therapie	Rebalancing	
	Kinesiologie		

Alle diese Behandlungsmethoden haben etwas gemeinsam: Ihre Werkzeuge sind die Hände, und ihr Ziel ist die Vermittlung von Wohlgefühl und Gesundheit.

Die Wirkung der Massage ist beeindruckend

Die Wirkung der Massage ist beeindruckend. Sie lindert Schmerzen, regt den Stoffwechsel an und harmonisiert den gesamten Organismus. Durch die verbesserte Durchblutung wird die Sauerstoff- und Nährstoffversorgung des Gewebes verbessert; der Abtransport von Stoffwechselschlacken wird gefördert, und als Gefäßtraining stabilisiert die Massage den Kreislauf. Sie aktiviert die Selbstheilungskräfte des Menschen und führt über wohltuende Entspannung zu psychischer Ausgeglichenheit. Da der Massierende sich mit dem ganzen Menschen „befasst“ und ihn „begreift“, kann Massage auch als Mittel zur Verarbeitung unterdrückter Emotionen eingesetzt werden. Alle Massageformen ermöglichen eine heilende Hinwendung zu Leib und Seele.

Reflexzonenmassage fördert das innere Gleichgewicht

Die spezielle Wirkung der Reflexzonenmassagen auf die Organe und das vegetative Nervensystem besteht darin, dass sie das innere Gleichgewicht reguliert und gestaute Energie wieder fließen lässt.

Die einzelnen Techniken

Besonders bewährt haben sich außer den Streichungen und Zirkelungen die Sonnenstriche, Spiralkreise und die Grundentstörung; diese Anwendungen sind alle einfach und ohne großen Aufwand durchzuführen. Reflexzonenmassagen sollten immer angenehm sein und dürfen nie Schmerzen verursachen. Nur so kann sich das Wohlgefühl einstellen, das wir erwarten.

Streichungen

Die Hände gleiten mit leichtem Druck über die Haut. Diese oberflächlichen Streichungen sind als Einstieg in eine Massage geeignet: Sie ermöglichen es, einen ersten Kontakt mit dem Menschen und seinem Gewebe aufzunehmen. Streichungen sind auch ein sinnvoller Ausgleich für die Grundentstörung (S. 26) und andere Techniken.

Zirkelungen

Die Finger kreisen langsam tiefer in das Gewebe. Dabei gleiten sie nicht auf der Haut, sondern bleiben in den Grenzen der Hautverschiebbarkeit. Die Zirkelungen sind auch ein Mittel zur Punktsuche und zur lokalen Behandlung. Eine Sonderform der Zirkelung ist das Knubbeln, das an den Fingerspitzen und am Ohr eingesetzt wird.

Grundentstörung

Die Grundentstörung ist die zentrale Technik fast aller Reflexzonenmassagen. Sie beschreibt ein ruhiges und gefasstes Verweilen auf einer Reflexzone – ohne Bewegung, mit einem herzhaften, aber schmerzlosen Druck. Nach etwa fünf bis zehn langsamen Atemzügen spüren wir, wie unser Finger richtiggehend in das Gewebe einsinkt. Mit dem Nachlassen des Drucks ist der Organismus bereit für Veränderungen und weitere Maßnahmen. Oft reicht die Grundentstörung völlig aus. Mit ausgleichenden Streichungen oder den beiden nächsten Griffen dürfen wir anschließend die Reflexzonen weiterbehandeln. Zur Unterstützung können wir in den Punkt hineinatmen, als wollten wir dort einen Luftballon aufblasen.

Sonnenstriche und Spiralkreise

GUT ZU WISSEN

Eine alte Weisheit besagt, dass Verspannungen anstecken und dass Entspannung Echos erklingen lässt. Dies gilt umso mehr für die Energiearbeit in den Reflexzonen.

Wenn wir einen entstörten Reflexzonenpunkt sonnenförmig weich ausstreichen und den Entspannungsimpuls im gesamten Umfeld verteilen, sprechen wir von Sonnenstrichen. Die Gegenbewegung dazu sind die Spiralkreise; sie verfolgen das Ziel, mit spiralig kreisenden Massagebewegungen, die auf einen Punkt zulaufen, Energie zu bündeln.

Welche Technik wir auch anwenden, wir sollten immer daran denken, dass die Massage Energien wohltuend umsetzt. Dabei ist es unerheblich, ob wir eine Massage erhalten oder geben. Massage ist in jedem Fall Genuss.

Öle, Steine und andere Begleiter

Es ist allseits bekannt, dass die richtigen Zutaten und Aromen ein Gericht erst so richtig gelingen lassen. Dies gilt auch für die Reflexzonenmassagen. Die Zutaten, die unsere Behandlungen ergänzen, sind ätherische Öle und Edelsteine. Hierzu gesellen sich Kräuterpackungen und Salben. Schließlich sollte das Ganze noch mit einer Portion Muße und mit einer Ration Kräutertee abgerundet werden. Doch wie beim Kochen verderben auch hier zu viele Zutaten den Brei. Mit zwei sinnvollen Ergänzungen wird die Reflexzonenmassage zum Genuss.

WICHTIG

Für die Reflexzonenmassagen gilt der Grundsatz: Sie sollten immer angenehm bleiben und nie schmerzhaft werden! Ausnahmen von dieser Regel sind einige wenige professionelle Behandlungsformen mit Nadeln, Schröpfgläsern oder Injektionen. Doch diese Maßnahmen sind den Heilkundigen vorbehalten.

Reflexzonenmassage mit ätherischen Ölen

Reflexzonenmassagen lassen sich hervorragend durch ätherische Öle ergänzen. Die Auswahl der ätherischen Öle sollten wir unserer Nase überlassen und bei der Entscheidung vollkommen unseren Gefühlen vertrauen. Wenn wir ganz sicher sein wollen, können wir das für uns passende Öl auch durch einen Muskeltest oder das Pendel finden.

Für die praktische Anwendung sollten wir uns ein Sortiment aus sieben bis zehn Ölen in 10-ml-Fläschchen zulegen, die wir mit einer Tropfpipette verschließen.

ACHTUNG

Diese feinstofflichen Essenzen der Pflanzen dürfen nie pur angewandt werden, sondern müssen immer etwa 1:20 mit Neutralölen, wie Jojobaöl, Avocadoöl, Mandelöl oder Sesamöl verdünnt werden.

Reflexzonenmassage mit Edelsteinen

Hildegard von Bingen hat sie beschrieben, und schon die Römer kannten sie. Dass Edelsteine eine heilende Wirkung haben, ist seit vielen Jahrhunderten bekannt. Heute erleben sie eine Renaissance. Für die Massage der Reflexzonen können wir einfache Trommelsteine oder Edelsteingriffel verwenden. Die Griffel haben sich besonders für die kleineren Reflexzonensysteme wie Hände, Füße oder Ohren bewährt. Für großflächige Reflexzonensysteme wie Rücken oder Brustseite gibt es einen Handschmeichler aus Holz, in den eine Edelsteinkugel eingelassen ist – das Joya. Alle diese Werkzeuge harmonisieren das Energiefeld und unterstützen die Wirkung der Reflexzonenmassagen in dieser Richtung.

GUT ZU WISSEN

Auch die Auswahl der Edelsteine sollten wir unserer Intuition überlassen und den Stein nehmen, der uns am besten zusagt. Natürlich müssen wir die Steine in sanften und langsamen Griffen achtsam in den betroffenen Reflexzonen verwenden. Alle diese Edelsteinhilfen sind in guten Steinläden erhältlich.

Kräuterpackungen und Salben

Kräuterpackungen haben eine lange Tradition. Unsere Urgroßmütter legten, wenn sie Rheuma hatten, gedämpfte Heublumensäcke auf die schmerzenden Stellen. Salben sind nur eine andere Form, der Haut Kräuter zu verabreichen.

So machen Sie sich eine Kräuterpackung

- Für eine Kräuterpackung, die wir auf die Reflexzonen legen, geben wir einen Esslöffel Teekräuter in ein Baumwollsäckchen und lassen dieses über Wasserdampf in einem Sieb etwa fünf bis zwölf Minuten ziehen.
- Dieses Kräutersäckchen legen wir dann lauwarm (nicht heiß!) auf die Reflexzone, deren Organ wir unterstützen wollen.
- Wir decken alles etwa 15 Minuten warm zu.

Die Auswahl der Kräuter sollte sich an deren Heilwirkungen orientieren. Gute Kräuterbücher helfen uns hierbei weiter. Noch einfacher ist natürlich die Anwendung von Salben mit Kräuterbestandteilen: Wir können sie in die Reflexzonen einmassieren und abgedeckt einziehen lassen.

So machen Sie sich einen Kräutertee

Während der Reflexzonenbehandlung sollten wir viel trinken, bevorzugt Wasser oder Kräutertees. Hier ein Vorschlag für eine Teemischung zur Reflexzonenbegleitung:

- Kalmuswurzel 20 g, Angelikawurzel 30 g, Ehrenpreiskraut 20 g, Minzenblätter 20 g und Beifußkraut 10 g.

- Von diesem Tee, den wir acht bis zehn Minuten ziehen lassen, dürfen wir etwa drei Wochen lang täglich zwei Tassen trinken.

Mehr über Kräuter wie auch über Salben und Öle erfahren Sie in Ihrer Apotheke.

Vom Suchen und Finden der Reflexzonen

Die perfekteste Reflexzonenkarte ist immer nur ein Abbild des Körpers und gibt uns Hinweise auf gestörte Organe und Körperstrukturen. Wie auf einer Landkarte entsprechen die eingezeichneten Straßen und Flüsse nicht der Realität. Eine Karte ist jedoch umso nützlicher, je besser wir uns damit zurechtfinden.

WICHTIG

Jeder Mensch ist anders, und dennoch folgt unser Körper einem allgemein gültigen Bauplan. Dies gilt auch für die Reflexzonen.

Die betreffenden Organzonen befinden sich in etwa am angegebenen Ort, und wir müssen uns zum wesentlichen Punkt im wahrsten Sinne des Wortes vortasten. Mit etwas Übung werden die Finger empfindsamer, und wir spüren die Reflexzonen allmählich immer einfacher auf. Um nun ganz sicher zu gehen, dass wir die richtigen Reflexzonen erreicht haben, können wir die „DaWo's"-Methode verwenden oder professionelle Verfahren einsetzen.

Die „DaWo's"-Methode zum Aufspüren der Reflexzonen

Wenn wir mit langsam kreisenden Fingerbewegungen in der betreffenden Region auf die Suche gehen, sprechen wir von der DaWo's-Methode. Die Finger rutschen dabei nicht auf der Haut, sondern machen nur so große Kreise, wie die Haut es zulässt. Auf diese Weise finden wir die Punkte; sie befinden sich „DaWo's" unangenehm wird. Dieser Zone dürfen wir dann mehr Aufmerksamkeit schenken.

Hilfreich sind der Muskeltest und das Pendel

Als Ergänzung können wir den Muskeltest aus der Kinesiologie oder das Pendel einsetzen. So erhalten wir noch präzisere Ergebnisse. Diese Methoden bedürfen einer größeren Erfahrung und werden meist nur in professionellen Reflexzonenbehandlungen oder Therapien eingesetzt.

GUT ZU WISSEN

Im Vergleich zu seiner Umgebung ist das Gewebe einer gestörten Reflexzone empfindlicher, weicher, schwammiger, fester und verklebter; es ist wie eingelagert, aufgequollen oder eingezogen, um nur ein paar Beispiele zu nennen. Oft sind Reflexzonen bereits durch ihr Aussehen als Rötungen, Blässen, Pickel oder Ekzeme erkennbar.

Sollten Sie Hautveränderungen feststellen, sind allerdings die Grenzen der Laienbehandlung erreicht. Hautprobleme sollten immer von einem Facharzt analysiert werden!

Antworten auf häufige Fragen

Acht Fragen beschäftigen die Menschen im Umgang mit Reflexzonen: Wir haben sie zusammengefasst und kurz beantwortet. Für weitere Informationen ist der Autor unter der E-Mail (info@reflex-zonen.de) erreichbar.

Was sind eigentlich Reflexzonen?

Reflexzonen sind die Landkarten der Gesundheit, die seit Urzeiten von den Menschen genutzt werden. Darunter verstehen wir Haut- oder Schleimhautbereiche, auf denen die Organe ihre Störungen anzeigen und über die wir sie auch erreichen können. Dabei haben sich besonders die Massagen bewährt. Wir kennen inzwischen mehr als 30 Reflexzonensysteme. Dazu gehören die Reflexzonen an den Füßen, am Rücken, an den Ohren, im Gesicht, auf der Zunge und am Schädel.

Wie unterscheiden sich Reflexzonenmassage und Akupressur?

Seit der Bewusstwerdung des Menschen wurden die Reflexzonen zu Behandlungszwecken eingesetzt. Wir dürfen annehmen, dass alle Kulturen in vielen Tausend Jahren ihre eigenen Medizinsysteme entwickelt haben. So folgt die traditionelle chinesische Medizin mit der Akupressur einem Modell von Energiekanälen mit Punkten als Schleusentoren. Im indisch-ayurvedischen System sind es Energietransformatoren, auch Chakras genannt. Die Reflexzonen entsprechen unserem abendländischen Denken, das auf kartografischen Systemen beruht. Wir betrachten diese verschiedenen Zugangsweisen als eigenständige Behandlungswelten, von denen jede einzelne auf unserer Körperoberfläche angesprochen werden kann.

Wozu dienen Reflexzonen?

Über die Reflexzonen erreichen wir den ganzen Menschen. Auf der körperlichen Ebene unterstützen Reflexzonenmassagen den Stoffwechsel; sie fördern die Durchblutung, sorgen für eine bessere Regulation des vegetativen Nervensystems und lindern Schmerzzustände. Die psychosomatisch-emotionale Ebene lässt sich durch gezielte Atemübungen in Verbindung mit Massagen der Reflexzonen ansprechen. Damit können Störungen der Befindlichkeit ausgeglichen werden. Darüber hinaus gibt es auch meditative Reflexzonenzugänge, die die geistig-energetische Ordnung verbessern.

Wer kann die Reflexzonen nutzen?

Im Grunde jeder. Auch von Laien wird die Reflexzonenmassage in zunehmendem Maße zur Linderung von Alltagsbeschwerden eingesetzt. Die Wohlfühlbehandlungen durch die kosmetischen Anwender konzentrieren sich besonders auf die Massagen der Gesichtsreflexzonen; auch in den Wellness-Tempeln stehen die Reflexzonenanwendungen im Vordergrund. Masseure und Physiotherapeuten kennen die Bindegewebsmassage als hochwirksame Methode. Mediziner wie auch Heilpraktiker stechen Nadeln in Reflexzonenpunkte oder setzen neuraltherapeutische Quaddelinjektionen in die betroffenen Zonen. So bieten die Reflexzonen für jeden Bereich eine Behandlung und unterstützen Gesundheit und Wohlbefinden.

Wie können wir die Reflexzonen im Alltag behandeln?

Die häufigsten Reflexzonenbehandlungen sind Massagen. Diese lassen sich ideal ergänzen durch ätherische Öle (bitte immer 1:20 mit Neutralölen verdünnen), aber auch durch Edelsteine, Kräuterauflagen und Salben. Weiterführende Behandlungen, die nicht nur das Wohlgefühl steigern, sondern gesundheitliche Probleme gezielt angehen, sind den Heilberufen vorbehalten.

Wann sind die Reflexzonenbehandlungen nicht erlaubt?

Angenehme und ausgleichende Massagen dürfen wir Babys wie auch alten Menschen bedenkenlos angedeihen lassen. Eine Einschränkung gibt es bei Schwangeren, die nur mit dem Einverständnis des betreuenden Arztes solche Massagen erhalten dürfen. Gezielte Reflexzonenbehandlungen haben allerdings klare Gegenanzeigen: Bei Erkrankungen des Nervensystems, der Psyche, bei schwerem Rheuma, bei akuten Schwächezuständen und bei fieberhaften oder infektiösen Krankheiten sind Reflexzonenbehandlungen nicht erlaubt. Zudem bestehen immer dort Grenzen, wo unsere Kompetenzen nicht ausreichen.

WICHTIG

Reflexzonenmassagen sind kein Ersatz für notwendige medizinische Behandlungen. Auch sollte der Arzt konsultiert werden, wenn sich der gesundheitliche Zustand des Patienten durch die Reflexzonenmassagen verschlimmert. Alle unklaren Befunde oder Krankheitsprozesse müssen fachlich abgeklärt und behandelt werden. Wenn Sie Medikamente einnehmen, sollten Sie unbedingt Ihren Arzt oder Heilpraktiker vor einer Reflexzonenbehandlung zu Rate ziehen, denn erfahrungsgemäß wird die Wirksamkeit der Präparate durch die Reflexzonenbehandlungen verstärkt.

Was sollten wir besonders beachten?

Außer den Gegenanzeigen sollten Sie das Grundprinzip beachten: Reflexzonenmassagen sollen immer angenehm sein; sie dürfen nie schmerzhaft werden. Sollte sich eine Zone als empfindlich herausstellen, müssen wir die Intensität der Behandlung verringern. Dies gilt durchgehend für alle Massagetechniken in allen Reflexzonensystemen. Zudem hat es sich als nützlich erwiesen, die Massagen immer in einer positiven Grundhaltung durchzuführen. Bei Partnerbehandlungen sollten wir die Gegenmassage am besten an einem anderen Tag durchführen. So können wir die Reflexzonenmassage intensiver genießen. Es hat sich bewährt, zur Unterstützung der Reflexzonenbehandlung eine ausreichende Menge Wasser und Kräutertee zu trinken.

Wann dürfen wir die Reflexzonen therapeutisch nutzen?

Der Gesetzgeber hat zu dieser Frage verfügt, dass die Ausübung der Heilkunde Ärzten und Heilpraktikern vorbehalten ist. Hierunter fällt, wer nach einer Befunderhebung oder Diagnose mit geeigneten Methoden absichtsvoll auf den gesundheitlichen Zustand eines anderen Menschen einwirkt. Wir dürfen natürlich Freunden oder Kunden in der Absicht, ihr Wohlbefinden zu steigern, eine schöne Reflexzonenmassage zukommen lassen. Aber sobald wir einen Befund erheben und die Behandlung daraufhin ausrichten, fallen wir unter die oben skizzierte Regelung. Unsere eigenen Reflexzonen dürfen wir uneingeschränkt massieren – in der Absicht, unsere Gesundheit zu verbessern.

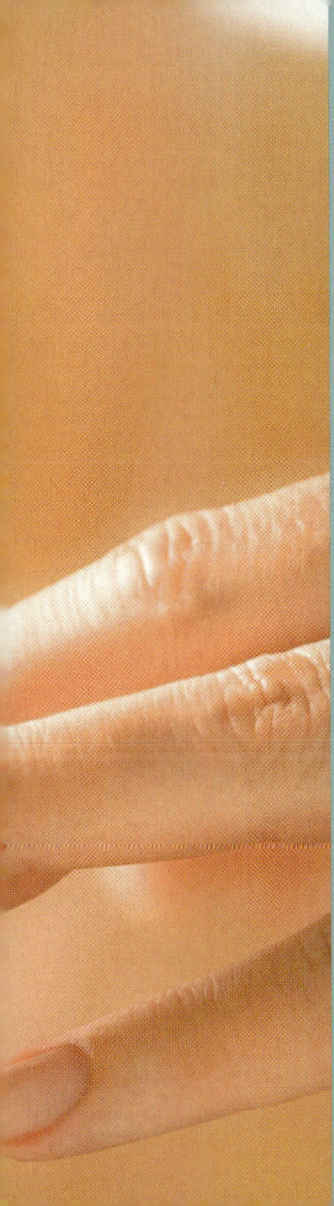

Reflexzonen easy

Kopfschmerzen, Verspannungen, Drücken im Bauch – all das muss nicht sein. Lesen Sie hier, welche Reflexzonen wann am besten wirken, wo gedrückt werden muss und wie Tees, Heilsteine und andere Maßnahmen Ihre Beschwerden rasch lindern.

Das Rundum-Wohlfühl-Programm gegen Stress

Den Zustand von körperlich-seelischer Harmonie, den wir Wohlgefühl nennen, können wir nicht erzeugen. Aber er stellt sich immer dann ein, wenn wir geeignete Rahmenbedingungen dafür schaffen und die zentrale Schaltstelle, das vegetative Nervensystem, mit einbeziehen.

Wie entsteht Stress?

Wir sehen uns einerseits der Notwendigkeit ausgesetzt, auf alltägliche Anforderungen aktiv zu reagieren, und haben andererseits ein Bedürfnis nach Ruhe. Wenn uns die Anforderungen zu viel werden, nennen wir das Stress, und haben wir zu viel Ruhe, kommen wir auch nicht richtig „in die Gänge". In beiden Fällen sind wir weit davon entfernt, ein Wohlgefühl zu verspüren.

Reflexzonenmassage: ein wirksames Anti-Stress-Mittel

Reflexzonenbehandlungen unterstützen die Regulation zwischen Aktivität und Ruhe und verhelfen unserem inneren vegetativen Pendel zu mehr Harmonie. Mit regelmäßigen Eigenbehandlungen unterstützen wir die Entwicklung einer aktiven Gelassenheit. Viel schöner ist es natürlich, wenn wir uns fachkundig behandeln lassen. Dann erleben wir ein pures Wohlgefühl an Leib und Seele. Die Reflexzonen, die hierfür am besten geeignet sind, finden wir an den Händen, Füßen und am Kopf.

Handreflexzonen

Mit der folgenden Vorgehensweise aktivieren wir die beiden Anteile des vegetativen Nervenssystems, also sowohl die Aktivität als auch die Ruhe.

Das bringt Linderung

- Wir beginnen mit Eingangsstreichungen entlang der einzelnen Finger von der Kuppe bis zum Handgelenk (vom Daumen zum kleinen Finger).
- Es folgen sanfte Daumenkreisungen über die gesamte Handfläche mit Grundentstörungen an den empfindlichen Punkten.
- Danach wird der Handrücken in der gleichen Weise bearbeitet.
- Zum Schluss stehen wieder Streichungen auf dem Programm. Je nach Aufwand kann eine solche Behandlung zwischen drei Minuten und einer halben Stunde dauern.

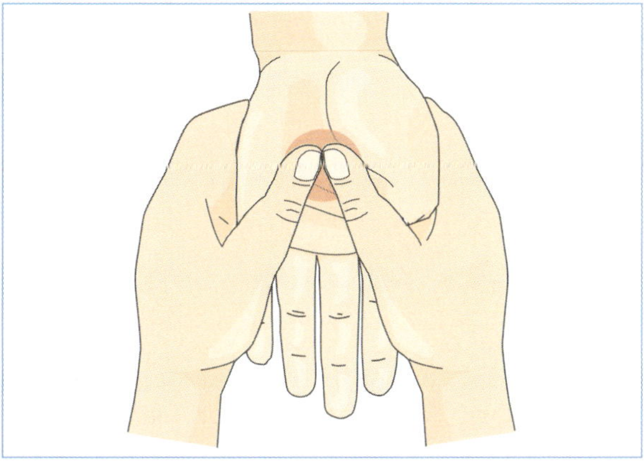

Die gleiche Anwendung lässt sich auch an den Fußreflexzonen in entsprechender Weise durchführen.

Schädelreflexzonen

Die Kopfhaut beherbergt zahlreiche Reflexzonen, die für die vegetative Regulierung der Muskelspannung eine besondere Bedeutung haben. Daher ist es immer einen Versuch wert, diese nach Schlaganfällen zur Verbesserung der Beweglichkeit und Koordination zu massieren.

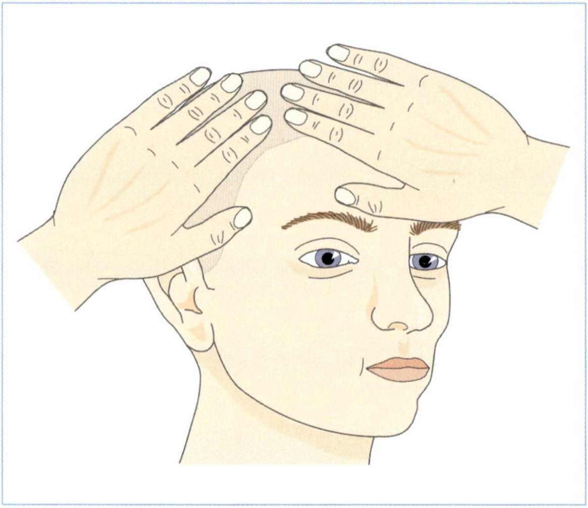

Kopfhaut nicht reiben, sondern sanft verschieben.

Das bringt Linderung

- Als Eigenmassage oder als Wohlfühlbehandlung sollten wir die Kopfhaut langsam und systematisch von vorne nach hinten massieren.
- Dabei sollten wir uns Zeit lassen und die Kopfhaut nicht einfach reiben, sondern sie sanft auf dem Schädel verschieben.

Sinnvolle Ergänzungen: wohltuende ätherische Öle und Kräutertees

Wenn es um das Wohlgefühl und das vegetative Nervenssystem geht, liegt unser Bestreben im Ausgleich. Diesen können wir erreichen, indem wir die Reflexzonen an Händen und Füßen mit einer Mischung aus ätherischen Ölen massieren, die Feuer und Eis in sich vereinigt.

Die Mischung macht's

Wir nehmen etwa 20 Tropfen eines neutralen Öls und geben jeweils einen Tropfen eines aktivierendes Öls wie Rosmarin, Sandelholz oder Ingwer und eines beruhigenden Öls wie Melisse, römische Kamille oder Lavendel hinzu.

GUT ZU WISSEN

Für die Schädelreflexzonen genügt eine Massage mit den Händen. Es besteht allerdings die Möglichkeit, diese Zonen vor der Haarwäsche mit einem biologisch hochwertigen Haaröl zu massieren.

Kräutertees sind ideale Begleiter der Therapie!
Ein Kräutertee, der insbesondere das vegetative Nervenssystem unterstützt und den wir als begleitende Maßnahme etwa zwei bis drei Wochen lang trinken können, entspricht in seiner Zusammensetzung ebenfalls dem Feuer-und-Eis-Prinzip:

- Angelika- und Baldrianwurzel, Minzen- und Melissenblätter jeweils 20 g (etwa zehn Minuten ziehen lassen).

Linderung für müde Augen

Lange PC-Sitzungen belasten die Augen. Viele, die häufig und lange am Bildschirm arbeiten, wissen das. Die Augen brennen, die Konzentration lässt nach, und am Abend sehen wir die Welt nicht mehr so klar. Wenn wir die ärztliche Bestätigung erhalten, dass unsere Augen in Ordnung sind, ist unsere Befindlichkeit am Abend mit großer Wahrscheinlichkeit auf eine klassische Überlastung zurückzuführen.

Es fehlt uns häufig die Zeit, den Augen Abwechslung und Entspannung zu bieten, wie uns die Fachleute raten, und der nächste Urlaub ist noch lange nicht in Sicht.

Reflexzonentherapie bietet Entlastung

Die Reflexzonen zeigen uns drei Varianten auf, die eine rasche Erleichterung ermöglichen. Die erste, die über die Ohren führt, nutzten schon die Seeleute und Handwerker des Mittelalters. Für die zweite Variante bedienen wir uns der Reflexzonen an der Stirn, und für die dritte Variante können wir die Handreflexzonen einsetzen. Die Augenpunkte an den Händen sind in der Klapptafel ersichtlich. Als weiterführende Lektüre empfehlen wir auch unser Buch „Reflexzonenmassage an der Hand".

Reflexzonen am Ohr

In früheren Zeiten erhielten die Handwerker an den Dombauten mit der Gesellenprüfung einen Ring für den Augenpunkt des linken Ohrs. Er sollte ein besseres intuitives Sehen ermöglichen.

WICHTIG

Nach wie vor ist dieser Punkt (an beiden Ohren) geeignet, unsere Augen zu entlasten.

Das bringt Linderung

Wir nehmen beide Ohrläppchen zwischen Daumen und Zeigefinger und massieren sie ausgiebig durch.

- Danach streichen wir mit der gleichen Fingerhaltung den Ohrwulst und die dahinterliegende Rinne oben aus.
- Nach einem sanften Kreisen in dieselbe Richtung dürfen wir das gesamte Ohr noch einmal ausstreichen: Danach können wir wieder frisch an neue Aufgaben gehen.

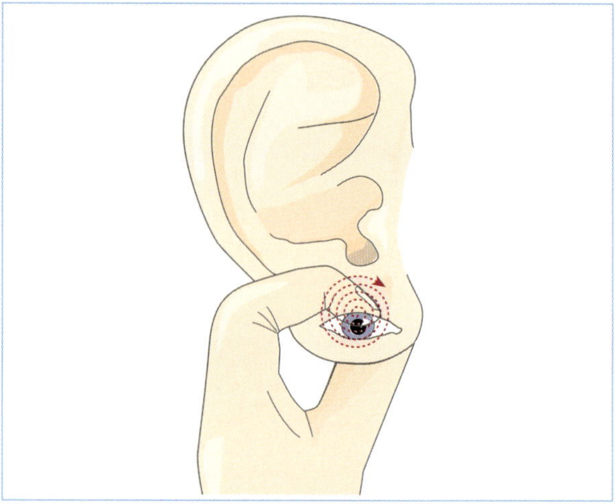

Reflexzonen an der Stirn

Mit Reflexzonenmassagen in diesem System, das in den 70er-Jahren von dem japanischen Arzt Toshikatsu Yamamoto entdeckt wurde, können wir die Augen stärken, Spannungen lösen und belasteten Augen eine kleine Erholungspause schenken.

Das bringt Linderung

Diese Massage ist sehr angenehm und dabei hochwirksam. Die Reflexzonenpunkte liegen dort, wo sich eine gedachte Linie vom inneren Augenwinkel mit dem Haaransatz kreuzt.

- Die beste Behandlungsform ist ein ausgiebiges langsames Kreisen auf den entsprechenden Punkten und ihrer Umgebung.

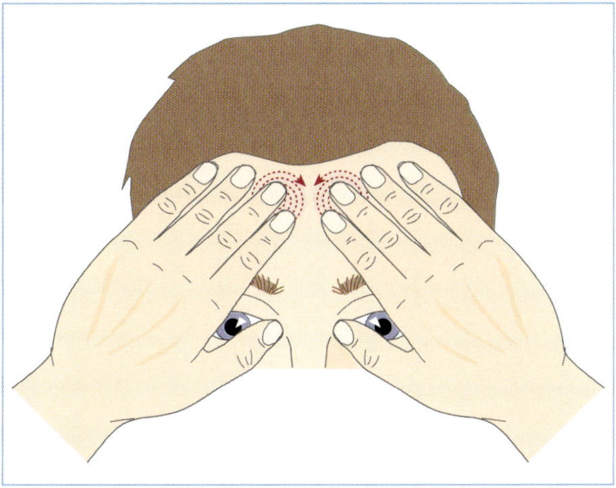

WICHTIG

Wir verschieben auch hier die Haut, ohne sie zu reiben. Wenn wir die Augen schließen, können wir diese Anwendungen noch intensiver genießen.

Ergänzungen

Augentrost – der Name dieses Heilkrauts ist Programm. Euphrasia, so der botanische Name, gibt es als homöopathische Kügelchen, und man kann aus dem Kraut einen Tee bereiten, der sich für feuchtwarme Kompressen eignet.

Augentrost hilft

Für die homöopathische Anwendung empfehlen sich folgende Maßnahmen:

- Euphrasia D 4 am Abend (5 Kügelchen unter der Zunge zergehen lassen).
- Für die Augentrost-Kompressen kann man normale Wattepads mit dem lauwarmen Tee tränken und etwa 10–15 Minuten auf die Augen legen.

Lavendel und Rosenöl

Die Reflexzonenmassagen (besonders an den Händen) lassen sich ebenfalls gut mit Lavendelöl und Rosenöl unterstützen.

Edelsteine

Unter den Edelsteinen sind es der Bergkristall und der Chalzdeon, die den Augen Entlastung bringen. Bei den Massagen an der Stirn oder als Schmuckanhänger helfen diese Steine den Augen, sich zu regenerieren.

ACHTUNG

Das beste Augentraining besteht allerdings darin, die Augen so oft wie möglich zu entspannen und unseren Sehgewohnheiten einen Perspektivenwechsel zu bieten.

Fit in die reiferen Jahre

„Wer alt werden will, muss lange leben“, sagte Karl Valentin, und so streben wir alle ein hohes Alter in körperlicher und geistiger Gesundheit an. Die Wissenschaft betrachtet das Altern als einen Prozess, bei dem folgende Ursachen die Lebenskraft beeinträchtigen:

Die Reflexzonenmassage kann diese Prozesse nicht aufhalten, aber sie lindert viele Zipperlein, die das Leben im Alter schwierig machen. Besonders die Behandlung der Reflexzonen der Hände, Füße und Ohren trägt dazu bei, die Lebensqualität zu steigern und den Organismus fit zu halten.

Faktoren, die altern lassen

Freie Radikale schädigen die Zellbausteine, wodurch Alterskrankheiten wie Rheuma, Arteriosklerose oder Parkinson begünstigt werden.
Mit zunehmendem Alter beeinträchtigt der Hormonmangel die Kommunikation innerhalb des Organismus.
Alternde Erbinformationen in den Chromosomen mindern die Qualität der neu gebildeten Zellen und deren Funktionen.
Ein schwächer werdendes Immunsystem geht im Alter einher mit nachlassenden Abwehrkräften.
Bei einem altersbedingt reduzierten Stoffwechsel sind die Entgiftungsfunktionen beeinträchtigt.

Hand- und Fußreflexzonen

Ältere Menschen haben Schwierigkeiten, die eigenen Füße zu erreichen. Werden diese Fußreflexzonenmassagen aber von Angehörigen ausgeführt oder professionell verabreicht, sind immer wieder erstaunliche Verbesserungen des Allgemeinzustandes zu beobachten. Zur Eigenmassage eignen sich die Reflexzonen an der Hand.

Das bringt Linderung

- An den Füßen wie an den Händen besteht die wesentliche Massagetechnik in ausgiebigen Streichungen entlang der Wirbelsäulenzonen in Richtung Zehen bzw. Finger.

- Anschließend dürfen wir zur geistigen Aktivierung die Gehirnzonen massieren. Schließlich sollte das gesamte Reflexzonensystem mit ausgleichenden Griffen durchmassiert werden.

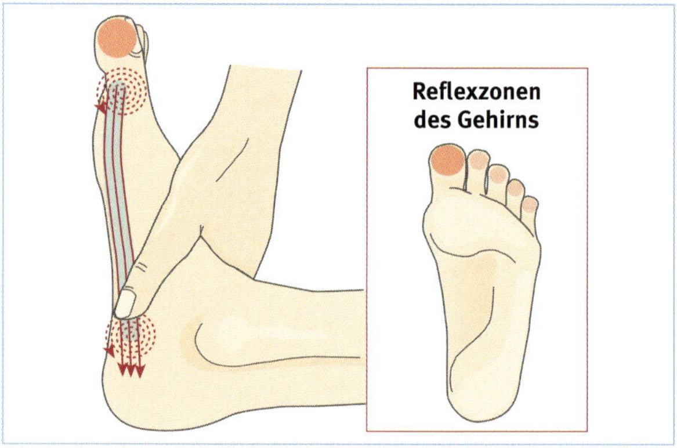

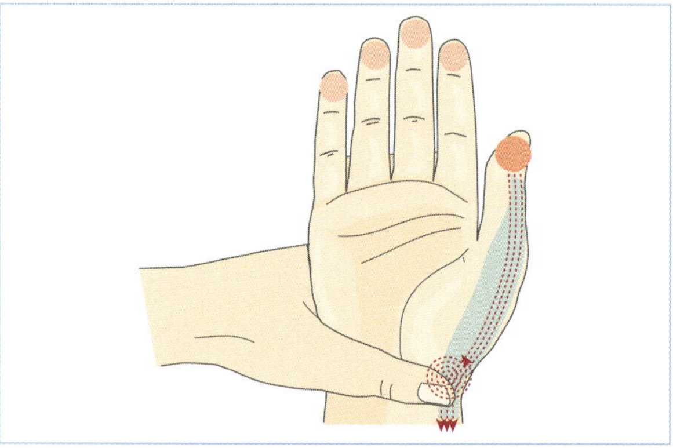

Ohrreflexzonen

Ein wesentliches Thema im Alter ist die Abstimmung innerhalb des Organismus. Hierzu wählen wir die Reflexzonen an den Ohren, die wir in drei Schritten behandeln.

Das bringt Linderung

- Im ersten Schritt massieren wir die Wirbelsäulenzonen mit mehreren satten Streichungen vom Ohrläppchen aus nach innen, gefolgt von Streichungen entlang des Ohrrands in dieselbe Richtung.
- Der dritte Schritt besteht in der Massage der Gehirnzonen, die wir im Ohrläppchen zwischen Daumen und Zeigefinger ausgiebig durchknubbeln.
- Zum Abschluss können wir zur allgemeinen Aktivierung die vorhergehenden Streichungen in die andere Richtung durchgehen.

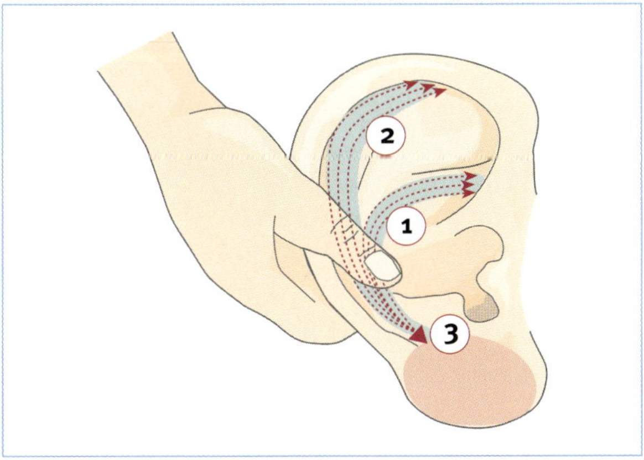

Ergänzungen

Wir können durch unsere Lebensführung in erheblichem Maße dazu beitragen, unsere Vitalkräfte zu erhalten.

Wie werde ich gesund alt?

Eine positive Lebenseinstellung mit viel Freude, gesunde vitaminreiche Ernährung, ausreichend Bewegung in natürlicher Umgebung, ein Gläschen Wein oder Bier mit Genuss und der Verzicht auf das Rauchen sind die wichtigsten Aktivposten, mit denen wir die Götter des guten Alterns gnädig stimmen.

Die Freien Radikale abfangen!

Ab dem 50. Lebensjahr wird es immer wichtiger, die Freien Radikale abzufangen. Diese reaktionsfreudigen Moleküle oder Atome reißen Elektronen aus Zellbausteinen und Chromosomen. Als Radikalenfänger bezeichnet man daher solche Stoffe, die in der Lage sind, Freie Radikale zu binden und deren Schädigungspotenziale zu neutralisieren.

WICHTIG

Als Radikalenfänger haben sich besonders die Vitamine C, E und A, das Coenzym Q10, Flavonoide (gelbe Pflanzenstoffe) und Enzyme bewährt.
Dieses Abfangen von Belastungen ist einer der Erfolg versprechenden Wege, den Altersprozess positiv zu beeinflussen.

Rasche Hilfe für schwache Blasen

Kalte Füße, Entzündungen, psychische Anspannung und Prostata- oder Gebärmutterprobleme sind am häufigsten für Blasenstörungen verantwortlich. Die Zustände sind den Betroffenen leidlich bekannt: Dem Drang nach müsste die Blase randvoll sein, aber beim Wasserlassen kommt nur ein unscheinbares Rinnsal. Man fühlt sich körperlich und seelisch schwach und ohne vitale Spannkraft.

Wann tauchen die Störungen auf?

Diese Störungen tauchen meistens in Zeiten großer Anspannung oder bei Erschöpfung auf. Normalerweise hält der Schließmuskel die Blase dicht geschlossen und muss aktiv geöffnet werden. Steigt die allgemeine Spannung oder fehlt die Kraft, ist diese Steuerung gestört. Da diese Funktion vegetativen Regelungen unterworfen ist, können wir sie durch die Reflexzonen beeinflussen. So lassen sich die unangenehmen Begleiterscheinungen lindern.

Fußreflexzonen

Die Verbindung der Füße über die Reflexzonen zur Blase ist ein viel versprechender Weg. Im Reflexzonenbereich der Blase befindet sich auch eine Möglichkeit der Beeinflussung des vegetativen Nervenzentrums, das Kreuzmark, das für die Steuerung der Unterleibsfunktionen zuständig ist.

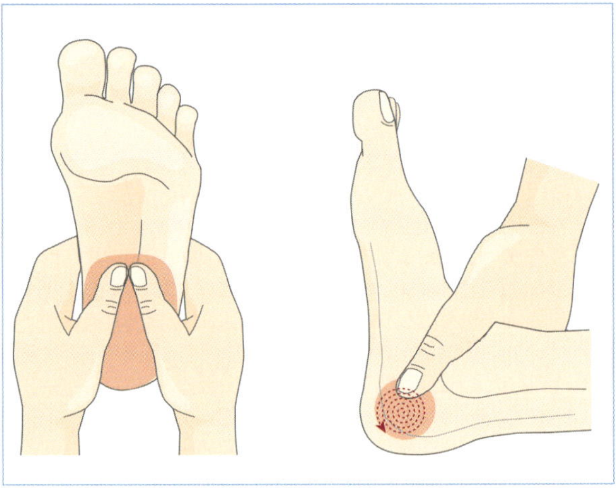

Das bringt Linderung

- Die Hauptmassagetechnik besteht in anregenden Kreisungen in den Blasenzonen.
- Dazwischengeschaltet können wir an den empfindlichen Reflexzonenpunkten eine Grundentstörung durchführen.
- Am Ende dürfen wir das umgebende Gebiet ausstreichen und die Fußbehandlung mit ausgleichenden Griffen abrunden.

Rückenreflexzonen

Die Bindegewebsmassage sorgt als professionelle Behandlung der Rückenreflexzonen für eine bessere vegetative Regulation der inneren Organe. Dies kommt auch bei den Eigenbehandlungen zum Tragen. Allerdings sind nur wenige Reflexzonenareale am Rücken durch die eigene Person erreichbar.

Das bringt Linderung

- Für die Selbstmassage beugen wir uns etwas nach vorne und legen die Finger links und rechts neben das obere Ende der Analfalte.
- Von hier aus lassen wir die Finger kräftig über dieses Reflexzonengebiet kreisen, um dann mit Sonnenstrichen in alle Richtungen die Punkte auszustreichen.
- Am Ende dürfen wir die Hände ruhig auflegen und ein paar Atemzüge lang entspannen.

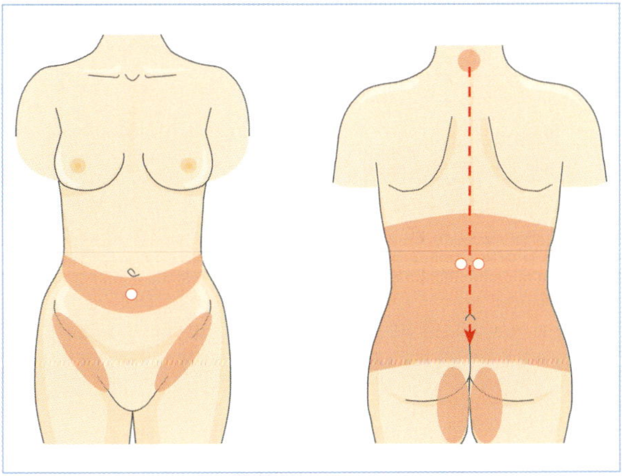

Ergänzungen

Mit den Reflexzonenmassagen beeinflussen und normalisieren wir das gesamte Umfeld einer Blasenstörung. So erleben wir häufig einen stärkeren Harndrang nach einer Reflexzonenbehandlung. Damit verbunden ist eine Aktivierung des organumgebenden Bindegewebes und des Stoffwechsels. Schließlich erreichen wir mit den Behandlungen die Steuerung des vegetativen Nervensystems und damit das Zusammenspiel der Organe.

WICHTIG

Speziell bei Blasenstörungen ist es wichtig, viel zu trinken. Wasser oder Tee sind dabei die Getränke der Wahl.

Kräutertees für die Blase

Ein Kräutertee für die Blase ist beispielsweise eine Teemischung aus:

- Brennnesselkraut 30 g, Goldrutenkraut 20 g, Löwenzahnwurzel 30 g und Bärentraubenblätter 20 g (etwa zehn bis zwölf Minuten ziehen lassen und drei Tassen täglich als Kuranwendung drei Wochen lang trinken).

Öle und Edelsteine

Als Öle zur Massageergänzung eignen sich besonders Sandelholzöl, Bergamotteöl sowie Cajeputöl, und bei den Edelsteinen dürfen wir den Aventurin und den Picassomarmor als Trommelstein oder Griffel einsetzen.

Die kleine Erkältung – kein Problem!

Wir haben uns Mühe gegeben, gesund zu bleiben, und dann hat es uns doch erwischt: Der Hals kratzt, wir haben Hustenreiz, das Atmen fällt uns schwer, und wir fühlen uns angeschlagen. Wir haben eine Erkältung. Unser Immunsystem war offensichtlich in einem geschwächten Zustand dem Ansturm der Viren nicht gewachsen. Grundsätzlich ist eine schwache Immunabwehr noch keine Krankheit, aber sie bietet die besten Voraussetzungen dafür, krank zu werden. Stress, kalte Füße, nasses Wetter, Zugluft, große Belastungen oder kraftzehrende Lebensumstände lassen sich dafür verantwortlich machen.

WICHTIG

Vor allem aber braucht das Abwehrsystem Ruhe, um mit den Viren fertig zu werden.

Auch die Strategien sind erprobt: Hustenbonbons, Vitamin C, heiße Zitrone oder Hausmittel aus dem freiverkäuflichen Sortiment der Apotheke. Ergänzend dazu sorgen die Reflexzonen an den Händen und Füßen für die Linderung der Symptome, die uns in dieser Zeit plagen.

Handreflexzonen

Ohne Behandlung dauert eine Erkältung acht Tage, mit Behandlung eine Woche. Daran ändern auch die Reflexzonen nichts. Doch sie können uns helfen, die Sympto-

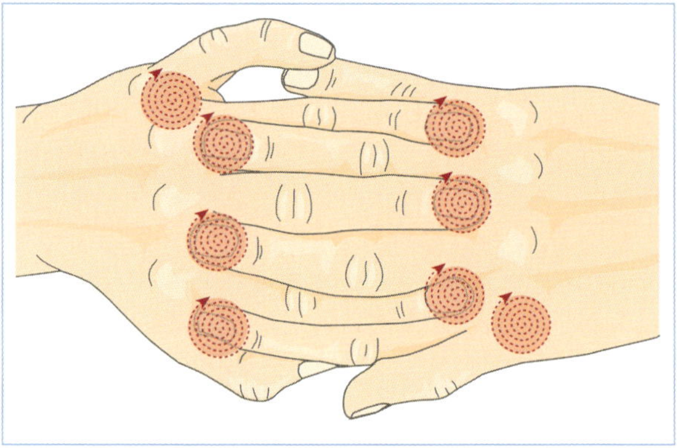

me zu lindern, auch wenn wir nichts zur Hand haben außer uns selbst.

Das bringt Linderung

- Zur Linderung der Halsbeschwerden eignet sich ein einfacher Griff, bei dem wir die Fingerkuppen in die Schwimmhäute der anderen Hand legen und die Schwimmhäute etwa sieben- bis zehnmal melken.
- Diesen Griff dürfen wir ein- bis zweimal pro Stunde wiederholen. Zum Abschluss können wir die Finger beider Hände ineinander verschränken und mit leichtem Druck langsam auseinander ziehen.
- Danach ist fast immer eine leichte Besserung der Erkältungszeichen spürbar.

Fußreflexzonen

Eine Erkältung ist harmlos, solange sie nicht mit Fieber einhergeht und nicht länger als eine Woche dauert. In dieser Zeit sollten wir für warme Füße sorgen. Schon aus diesem Grund helfen Fußmassagen.

Das bringt Linderung

Nach einem warmen Fußbad dürfen wir unseren Füßen eine schöne Behandlung gönnen.

- Dazu massieren wir beide Füße nacheinander mit Streichungen und Knetungen.
- Wenn wir dabei auf empfindliche Zonen stoßen, sollten diese mit der Grundentstörung besänftigt werden.
- Am Ende folgen wieder Ausstreichungen. Selbstverständlich ist es noch angenehmer, wenn wir eine solche Behandlung verabreicht bekommen.

Ergänzungen

Bei Erkältungen steht uns eine große Palette an Hausmitteln zur Verfügung, die wir immer zuerst nutzen sollten. Oft werden viel zu früh Antibiotika verordnet. Diese Präparate sind gegen Viren machtlos und erst dann angezeigt, wenn sich auf die Virenbesiedlung eine bakterielle setzt.

Inhalationen, Einreibungen und Fußbäder mit ätherischen Ölen

Bis dahin dürfen wir den Hausmitteln vertrauen. Dazu gehören Inhalationen, Einreibungen in Rücken und Brust, warme Fußbäder mit Salz, Kräutertees und homöopathische Mittel. Für die Inhalationen kommen ätherische Öle infrage, die wir auch für die Einreibungen verwenden können. Fichtennadel, römische Kamille und Lavendel sind dafür geeignet (verdünnt anwenden!).

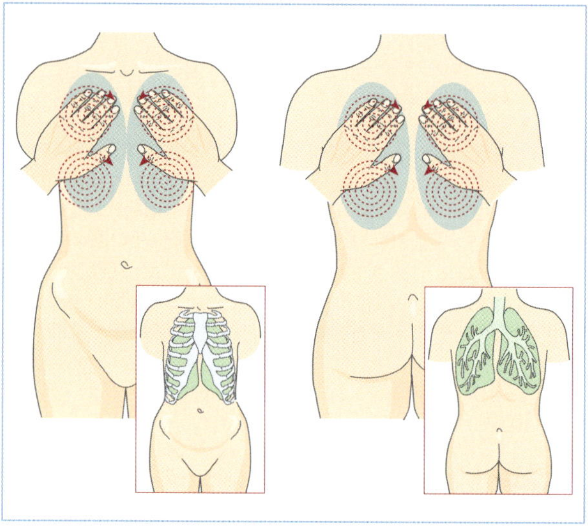

Ein wirksamer Kräutertee

Ein Kräutertee, der gegen die Erkältung hilft, wäre:

- Eibischwurzel 30 g, Salbei 20 g, Thymian 10 g, Königskerzenblüten 20 g, Lindenblüten 10 g und Holunderblüten 10 g (10 Minuten ziehen lassen, 2–3 Tassen täglich).

Das oberste Ziel besteht natürlich darin, unsere Abwehr langfristig zu stärken, damit wir für die nächste Erkältungswelle gewappnet sind.

Erleichterung für Frauen – an den Tagen und in den Wechseljahren

Frauen kümmern sich mehr um ihre Gesundheit als Männer. Sie werden älter und können mehr Schmerzen ertragen. Dennoch haben viele Frauen Probleme: Die monatlichen Regelblutungen gehen oft mit Unwohlsein und Spannungen im Unterleib einher; die Wechseljahre werden häufig von Schweißausbrüchen, innerer Unruhe und Lustlosigkeit begleitet.

Kritische Tage und Wechseljahre

Jede Frau hat ihre eigene Strategie, mit ihren „Tagen" umzugehen, und glücklicherweise haben viele Frauen damit keinerlei Probleme. Im Gegenteil: Einige erleben diese Zeit als motivierend und empfinden ein körperliches und seelisches Wohlbefinden. Ähnliches gilt für die Wechseljahre.

GUT ZU WISSEN

Die Reflexzonenmassage kann in diesen Zuständen die Grundsituation verbessern, und sie ist Helfer in der Not an schwierigen Tagen.

Diese Zeit der hormonellen Umstellung wird von manchen Frauen als geradezu beglückend beschrieben. Doch sind diese eher in der Minderheit. Die meisten werden im Wechsel von ausgeprägten Gefühlsschwankungen und starken körperlichen Reaktionen belastet.

Handreflexzonen

Gäbe es eine Hitliste, dann hätte diese Anwendung an der Hand darauf einen Spitzenplatz. Sie ist unauffällig und höchst effektiv – so könnte man sie kurz beschreiben.

Das bringt Linderung

Die Reflexzonen des gesamten Unterleibs befinden sich im Handwurzelbereich an den Handgelenken.

- Bei Unwohlsein und Unterleibsspannungen während der Periode und in den Wechseljahren können wir feste und dennoch angenehme Querstreichungen über beide Seiten der Handgelenke verwenden.
- Wenn in den anschließenden Kreisungen rund um dieses Gebiet empfindliche Punkte auftauchen, lösen sie sich erfahrungsgemäß mit den Grundentstörungen – und damit auch die Spannungen im Körper.

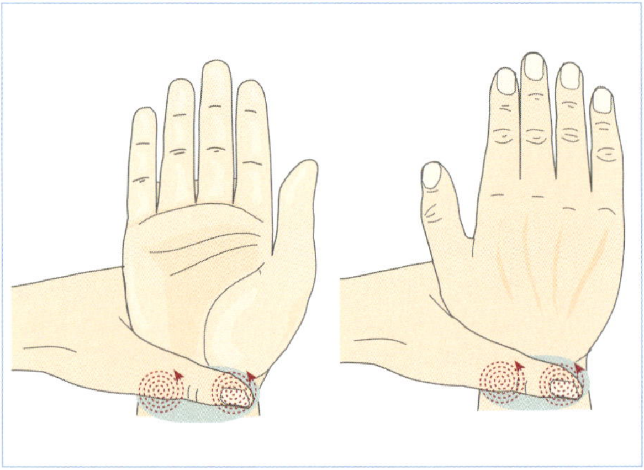

Rückenreflexzonen

Auch diese Reflexzonen kennen wir aus dem Alltag. Wir greifen uns am Rücken dorthin, wo es unangenehm ist oder zieht. Bei Unterleibsbeschwerden sind es genau diese Zonen, die den Hormon- und Geschlechtsorganen zugeordnet sind.

Das bringt Linderung

- Zur Linderung solcher Beschwerden beginnen wir mit parallelen Kreisungen beider Hände über dem Kreuzbein.
- An jeder Stelle lassen wir die Hände etwa drei- bis viermal kreisen, indem wir die Haut verschieben.

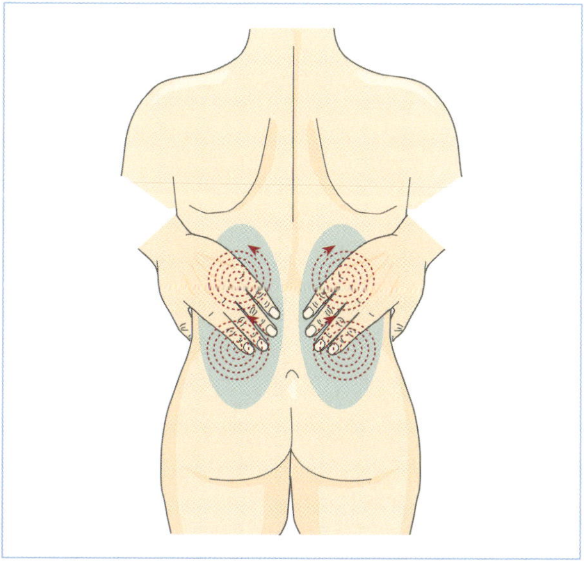

- Danach geht es einen Kreis höher. Auf diese Weise wandern wir langsam nach oben.
- Besonders empfindliche Zonen dürfen wir ausgiebiger massieren und zum Abschluss die Hände einfach ein paar Atemzüge lang auflegen.

Frauen mit Regelbeschwerden benötigen während der Periode eine stressfreie Zeit und ausreichend Ruhe.

Eine wohltuende Teemischung

- Eine Teemischung aus Johanniskraut 20 g, Schafgarbe 20 g, Melisse 20 g, Gänsefingerkraut 20 g, Birkenblätter 10 g und Rosmarin 10 g löst die Spannungen.

Dies gilt auch für die Wechseljahre, in denen der Tee die Stimmung stabilisiert.

Homöopathie und Magnesium

Homöopathie und Magnesium sorgen für einen umfassenden Ausgleich.

Ätherische Öle

Frauen nutzten schon immer die Wärmflasche, wenn sie ihre typischen Beschwerden hatten. Sie legten sie auf den Bauch oder nahmen alternativ ein schönes heißes Bad. Ein paar Tropfen Geranienöl, Jasminöl oder Lavendelöl verstärken die Wirkung dieses Bades. Diese Öle finden auch für die Reflexzonenmassage Verwendung.

GUT ZU WISSEN

Alternativ können wir den Bauch mit den verdünnten Ölen einreiben, ein feuchtes Handtuch auf die Haut und die Wärmflasche oben drauflegen.

Edelsteine

Für die Edelsteinmassagen bei Regelbeschwerden eignen sich Trommelsteine aus Serpentin, Malachit oder Bernstein, für die Wechseljahre zudem Tigerauge und Türkis.

Guten Flug!

Nutzen wir unsere Flüge für gesunde Impulse! Ob wir geschäftlich nach New York oder in den Urlaub fliegen – auch wenn wir anregende Gespräche führen oder Geschäftsunterlagen durcharbeiten – es bleiben immer einige Minuten Zeit für die Gesundheit.

Reflexzonenmassage gegen Flugangst

Für viele Menschen gehört die Flugangst leider auch zum Fliegen. Glücklicherweise gibt es einige Reflexzonengriffe an der Hand, die gegen alle Arten von Nervosität wirken. Damit lässt sich nicht nur die Flugangst reduzieren. Diese Griffe haben sich auch bei Lampenfieber oder Prüfungsangst bewährt.

Reflexzonenmassage als Thromboseprophylaxe

Eine andere Sorge betrifft Reisende auf Langstreckenflügen. Langes Sitzen in gleichbleibender Haltung und in großer Flughöhe begünstigt Thrombosen. Doch kleine Massagen an den Rückenreflexzonen, die bereits 1928 der Physiotherapeutin Elisabeth Diecke das Bein gerettet haben, sind eine gute Thomboseprophylaxe während des Flugs. Zudem sind diese Griffe ohne Aufwand auf engstem Raum anwendbar.

Handreflexzonen

Dieser unscheinbare Griff birgt ein gewaltiges Potenzial gegen Ängste. Damit erreichen wir die Reflexzonen des Hirnstamms, in dem Atemzentrum und vegetative Umschaltstationen angesiedelt sind.

Das bringt Linderung

- Wir nehmen das Endgelenk des Daumens zwischen Daumen und Zeigefinger der anderen Hand und lassen die Daumenkuppe etwa eine Minute im Gelenk kreisen.

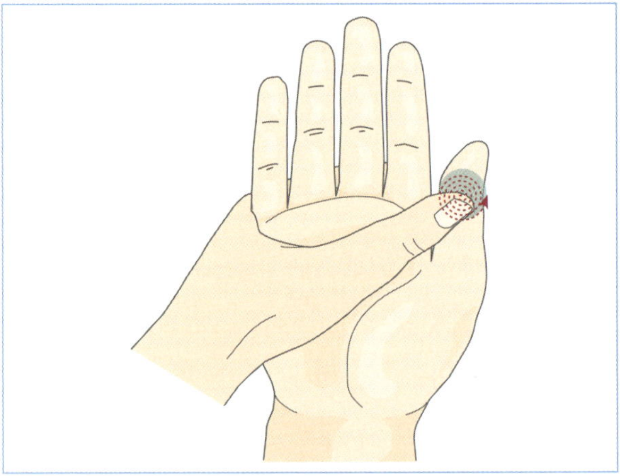

- Danach bleiben wir mit einem konstanten angenehmen Druck etwa fünf bis sieben Atemzüge auf dem Punkt des Hirnstamms, kurz oberhalb des Gelenks.
- Abschließend lassen wir das Gelenk noch etwa zehnmal kreisen. Dann wechseln wir die Hände. Diese kleine Übung beruhigt die Nerven nachhaltig.

Rückenreflexzonen

Im Flugzeug können wir diesen einfachen Griff problemlos anwenden. Er bringt Entspannung und schnelle Hilfe.

Das bringt Linderung

- Wir beugen uns leicht im Sitz nach vorne und greifen nach hinten. Dabei legen wir die Hände so, dass die

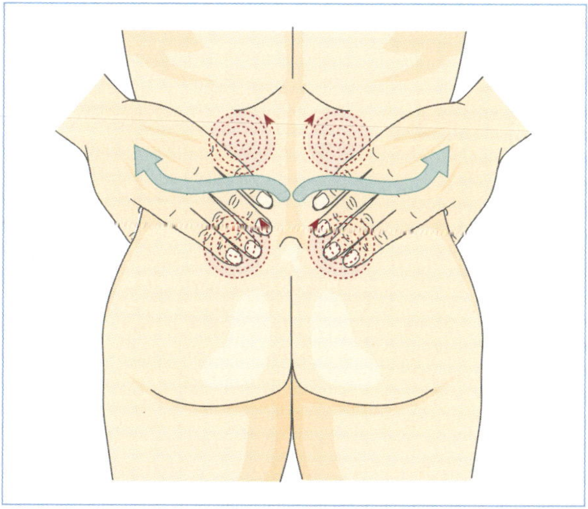

Daumen auf den Beckenkamm und die Finger auf dem Kreuzbein liegen.
- Nun wandern wir langsam mit den Fingern kreisend auf dem Beckenkamm – von der Mitte nach außen und wieder zurück.
- Gleich darauf führen wir die gleiche Massagereise ein Stückchen höher mit den Fingern durch.

Dabei verspüren wir schnell ein angenehmes Strömen im Rücken, das sich bis in die Füße ausweiten kann.

Wir können die Wirkung steigern, indem wir in die Massagebereiche hinein atmen.

Ergänzungen

Auf Urlaubsflügen zu zweit sind wechselseitige Massagen der Handreflexzonen ein wunderbarer Einstieg in die Ferien, da sie die Entspannung fördern. Auch wenn wir im Flugzeug keine ätherischen Öle verwenden dürfen, können wir eine Unterstützung gegen die Flugangst mitnehmen.

Der „Take it easy“-Stein

Ein kleiner Trommelstein aus Dumortierit in der Hosentasche oder als Schmuck getragen hilft uns dabei. Dieser Stein heißt nicht umsonst „Take it easy“-Stein, da er in schwierigen Situationen Zuversicht schenkt und uns hilft, das Leben leicht zu nehmen.

Der Magnesit wirkt spannungs- und krampflösend

Ein weiterer Edelstein, der Magnesit, entspannt und löst Krämpfe. Da er besonders auf Beine und Herz wirkt, sollte er auf keiner Flugreise fehlen. Dumortierit und Magnesit sind als Anhänger in guten Mineralienhandlungen günstig erhältlich.

Kandierter Ingwer gegen Übelkeit

Gegen die Übelkeit beim Fliegen, die manchen Menschen Schwierigkeiten bereitet, können wir kandierten Ingwer essen. Dies hat sich bei Schiffsreisen bewährt und bietet auch auf Flugreisen Unterstützung.

Hallo wach!

Es gibt Momente, da benötigen wir keine Entspannung, sondern frische Wachheit. Ein kalter Wasserguss ins Gesicht ist sicher eine gute Maßnahme, aber leider nicht immer möglich. Alternativ helfen die Reflexzonen.

Der Eu-Stress, die positive Herausforderung!

Das Zauberwort heißt Stress. In diesem Zusammenhang ist allerdings nicht der belastende Stress gemeint, sondern der Eu-Stress, die positive Herausforderung. Wir brauchen die Reaktionen des Organismus, die dem biologischen Ziel folgen, den Menschen kampf- und fluchtbereit zu machen. In diesem Zustand werden die Energiereserven aktiviert, und wir haben einen schnelleren Zugang zu Ideen und Aktivitäten.

Der Weg führt über die Ohren

Mit den Reflexzonen besitzen wir die Möglichkeit, den Pegel für unseren Eu-Stress kontrolliert hochzufahren. Der einfachste Weg dorthin führt über die Ohren. Für eine andere, etwas aufwändigere Variante können wir die Reflexzonen in der Nase nutzen. Das Schöne dabei ist, dass über die Reflexzonen der Powerzustand nicht in den richtigen Stress entgleisen kann.

Reflexzonen am Ohr

Mit einfachen und dennoch höchst effektiven Ohrgriffen erreichen wir die Reflexzonen der Wirbelsäule und des vegetativen Nervensystems für die Umschaltung auf Aktivität.

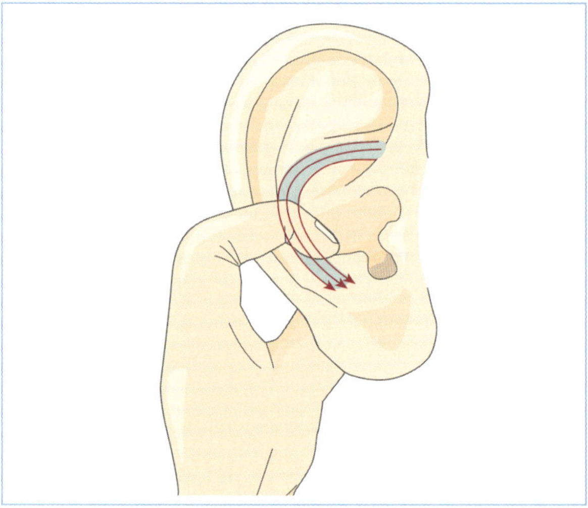

Das bringt Linderung

- Wir nehmen beide Ohren gleichzeitig zwischen Daumen und Zeigefinger und streichen den Ohrwulst und die dahinterliegende Rinne mit Druck von der oberen Innenseite zum Ohrläppchen hin aus. Unsere Aufmerksamkeit liegt dabei auf einem satten und gleichmäßigen Druck.
- Danach gehen wir mit der gleichen Fingerhaltung kreisend die Ohrzonen durch. Schließlich dürfen wir die Ohrläppchen noch sanft durchknubbeln und danach frisch an neue Aufgaben gehen.

Reflexzonen in der Nase

Die Reflexzonen in der Nase haben sich zum einen gegen Kopfschmerz bewährt, zum anderen sind sie geeignet, Ideen zu fördern.

Das bringt Linderung

- Für diese etwas ungewöhnliche Reflexzonenmassage nehmen wir ein Wattestäbchen und tauchen es in Malvenöl (in jeder Apotheke erhältlich).
- Damit massieren wir jede Nasenseite sanft kreisend etwa ein bis zwei Minuten lang innen durch.

In diesem empfindlichen Gebiet müssen wir natürlich besonders vorsichtig sein und jegliches unangenehme Gefühl vermeiden.

WICHTIG

Wenn irgendwelche Störungen während der Massage auftauchen, bitte sofort abbrechen. Meist aber folgt eine Hochstimmung, die Geist und Seele aktiviert.

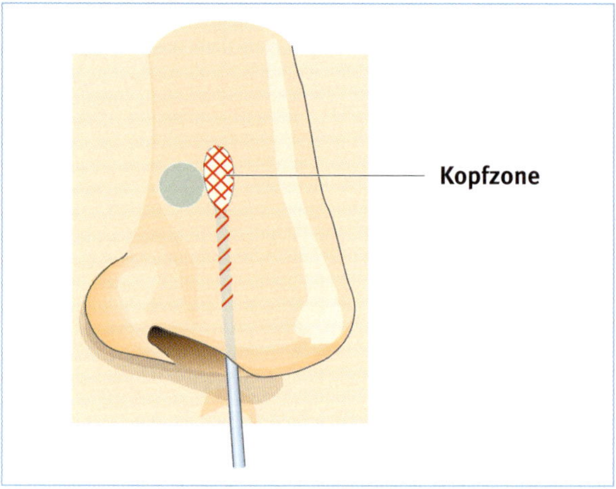

Ergänzungen

Müdigkeit ist eine natürliche Reaktion, die uns signalisiert, dass es Zeit ist auszuruhen.

Übergehen wir diese Anzeichen, folgt die Erschöpfung. Anfänglicher Müdigkeit können wir noch gegensteuern. Je weiter sie jedoch fortschreitet, desto geringer sind die Erfolge. Dann ist eben wirklich Ruhe nötig.

Ätherische Öle

Als ergänzende Aktivierung der Lebensgeister bieten sich die ätherischen Öle an (direkt in die Duftlampe oder 1:20 verdünnt zur Massage).

- Für die Aktivierung über die Reflexzonen am Ohr setzen wir Ingwer-, Minzen- und Sandelholzöl ein.

- Für die Nasenreflexmassage bitte nur milde Öle verwenden. Außer dem „Nasenreflexöl“ aus der Apotheke können wir auch Rosen-, Melissenöl und das Öl der römischen Kamille verdünnt einsetzen.

Edelsteine: Heliotrop und Tigereisen – das „hallo wach“-Gespann

Bei den Edelsteinen bilden der Heliotrop und das Tigereisen ein „hallo wach“-Gespann. Einzeln und mehr noch gemeinsam am Körper getragen, steigern sie die Energien für unsere Aufgaben.

Kalte Füße – gut im Griff!

Kalte Füße sind höchst unangenehm und führen häufig zu Blasenreizungen, Unterleibsbeschwerden, Hämorrhoiden oder Erkältungen. Ob wir warme oder kalte Füße haben, hängt von unserer Durchblutung ab und diese wiederum von der Regulation der kleinen Arterien. Zur Verbesserung dieser Regulation eignen sich kalte Waschungen, wie sie bereits Pfarrer Kneipp empfohlen hat, aber auch ausgiebige Spaziergänge, Sport oder Saunieren.

Doch was können wir tun, wenn wir im Kino oder im sommerlichen Garten sitzen und kalte Füße bekommen? Rasche Hilfe bietet eine Behandlung der Schädel- und Ohrreflexzonen, die die Füße von innen heraus warm werden lässt.

ACHTUNG

Leider führt auch das Rauchen zu schweren Durchblutungsstörungen. Raucher, die häufig unter kalten Füßen leiden, riskieren, irgendwann die so genannten Raucherbeine zu bekommen.

Schädelreflexzonen

Die Schädelreflexzonen beeinflussen die Muskelkoordination, das Körpergefühl und die Durchblutung unseres Bewegungsapparats.

Die Reflexzonenbereiche für die Steuerung der Blutgefäße in den Füßen sind darin leicht zu finden: Wenn wir unsere Finger auf der Mittellinie der Nase hochwandern

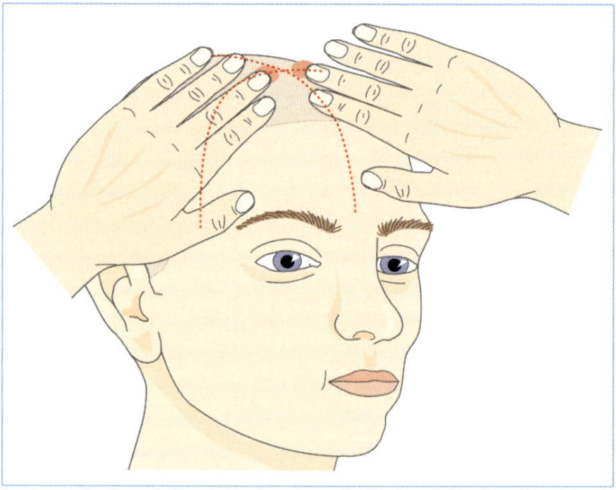

lassen, kommen wir etwa drei Querfinger breit über der Haargrenze an die betreffenden Punkte. Sie liegen dort links und rechts direkt neben der Mittellinie.

Das bringt Linderung

- Diese Reflexzonenpunkte, die sich oft weicher und empfindlicher als ihre Umgebung anfühlen, dürfen wir ausgiebig mit sanften Fingerkreisungen durchmassieren. Erfahrungsgemäß stellt sich ein paar Minuten später die Wärme in den Füßen ein.

Ohrreflexzonen

Auch an den Ohren gibt es die Fuß- und Beinzonen, die für eine bessere Durchblutung sorgen können.

- In dem gut erkennbaren kleinen Dreieck im Ohr dürfen wir diese Reflexzonen intensiv durchmassieren. Am besten eignen sich hierfür kreisende Bewegungen.
- Wir nehmen diese Zonen an beiden Ohren parallel in den Zangengriff zwischen Daumen und Zeigefinger.
- Etwa sieben bis zehn Atemzüge sollten genügen, um die Füße anzuwärmen.
- Dieser Griff wie auch der am Schädel hat sich zudem gegen Überlastungsbeschwerden oder Muskelkater nach Wanderungen oder sportlichen Aktivitäten bewährt.

Ergänzungen

Füße brauchen eine gute Pflege, die sich bei kalten Füßen nicht nur auf die Füße allein beschränken sollte.

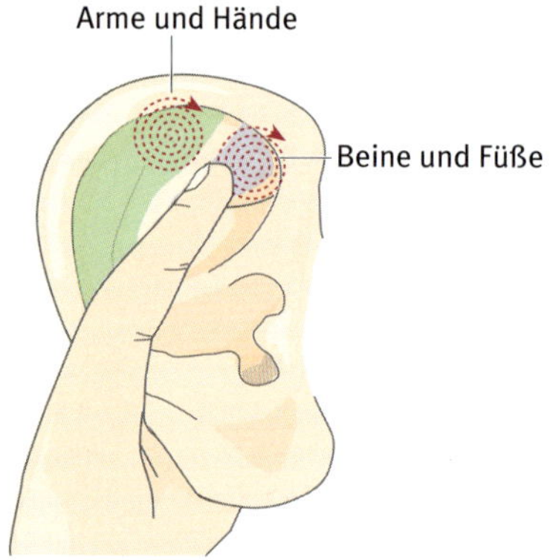

Kreislauf- und Gefäßtraining

Auf die Dauer helfen Kreislauf- und Gefäßtraining. Selbstverständlich besteht das beste Gefäßtraining in regelmäßigen Spaziergängen, Wanderungen, Nordic Walking oder anderen körperlichen Aktivitäten. Damit beeinflussen wir nachhaltig die Funktionstüchtigkeit unserer Blutgefäße und die Weiterleitung der Körperwärme in die Füße.

Fußbalsam, Öle und Edelsteine

Als zusätzliche Maßnahmen dürfen wir unsere Füße mit einem guten durchblutungsfördernden Balsam verwöhnen. Meist sind diese Fußcremes mit ätherischen Ölen angereichert. Aber wir können die Füße auch mit einer Ölmischung regelmäßig salben. Besonders wohltuend sind solche mit Rosmarinöl, Sandelholzöl, Bergamotteöl und Weihrauchöl. Für die Massage der Schädelreflexzonen stehen uns der Schneeflockenobsidian als Edelsteingriffel oder Trommelstein zur Auswahl. Als Handschmeichler verhilft uns dieser Edelstein auch zu warmen Händen.

Wenn der Kopf brummt

Unser Kopf ist anfällig für Störungen. Es pocht an der Schläfe, der Kopf fühlt sich an, als wäre er in Watte gepackt oder in einen Schraubstock gespannt; ganz zu schweigen von dem Bienenhaus, das dort manchmal summt. Glücklicherweise verschwinden die meisten dieser Missempfindungen wieder von selbst.

Die Ursachen sind vielfältig

Wie die Symptome sind auch die Ursachen sehr vielfältiger Natur: Nackenverspannungen, Probleme mit der Wirbelsäule, Stoffwechselstörungen, Allergien, Medikamente, Blutdruckschwankungen, Überlastungen oder lange PC-Sitzungen.

WICHTIG

Im Grunde kann jedes Organ den Kopf beeinträchtigen. Daher sollte bei häufigen Kopfschmerzen unbedingt die Ursache geklärt werden.

Schmerzmittel vermeiden

Den Betroffenen bleibt häufig nur der Griff zu den üblichen Schmerzmitteln. Aber diese Präparate beeinträchtigen den Kopf oft zusätzlich. Bis zur Klärung der Ursachen sollten wir daher die Maßnahmen bevorzugen, die keine Nebenwirkungen haben. Hierzu gehören die Reflexzonenmassagen, die meist genauso schnell wirken wie die gängigen Kopfschmerzmittel.

Nackenreflexzonen

Bei Spannungskopfschmerz greifen wir uns oft – ohne darüber nachzudenken – in den Nacken. Offenbar wissen wir intuitiv, dass wir die Muskelspannungen auf diese Weise verringern und den Kopfschmerz lindern können. Unter dem Muskelansatz zwischen Wirbelsäule und Nacken befindet sich zudem die Schaltstelle für viele Funktionen des Kopfes und der Sinnesorgane.

Das bringt Linderung

- Für diesen Griff nehmen wir den Kopf in beide Hände. Die Finger liegen außen und die Daumen in der Mitte.
- Mit den beiden Daumen massieren wir das Gebiet um die Mitte mit kreisenden Bewegungen sanft durch.
- Nach der Grundentstörung an den Maximalpunkten streichen wir die Nackenlinie zum Schluss nach außen hin aus.

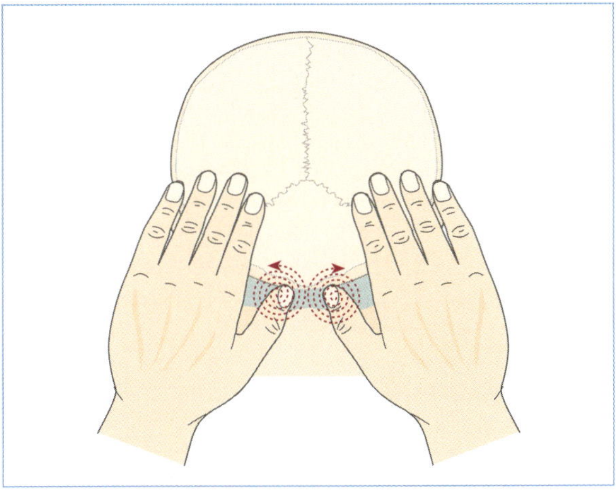

Handreflexzonen

Kopfweh ist unangenehm und lästig. Es behindert uns beim Denken und lässt sich nicht einfach abschütteln. In den Handreflexzonen verfügen wir über zwei Bereiche, die uns weiterhelfen können: Die Zonen des Hirnstamms am Daumenendgelenk haben Einfluss auf die Nervenversorgung des Kopfs, und in den Fingerbeeren befinden sich die Reflexzonen des Gehirns.

Das bringt Linderung

- Für die Hirnstammzonen hat sich die Grundentstörung bewährt. Allein diese kleine Maßnahme macht die Situation oft schon erträglicher.
- Wenn wir zusätzlich noch die Fingerbeeren ein paar Minuten lang sanft knubbeln, können wir häufig er-

seelischen Ursachen berücksichtigen. Redewendungen wie „Sich den Kopf zerbrechen“ oder „sich etwas in den Kopf steigen lassen“ sprechen für sich und fordern eine ehrliche Selbstprüfung. Finden Sie heraus, welcher Konflikt ihren Kopf belastet.

Ätherische Öle und Edelsteine

Die ätherischen Öle, die einen guten Einfluss auf Kopfweh haben, sind Mimosenöl, Melissenöl, Kardamomöl und Ingweröl (austesten!). Besonders beim Kopfschmerz haben sich auch die Edelsteine Amethyst, Dumortierit („take it easy“-Stein) und Granat bewährt.

Mudras – meditative Fingerhaltungen

Die alte indische Medizin kennt meditative Fingerhaltungen für viele Probleme: die „Mudras“. Ein solches Mudra ist auch bei Kopfschmerz höchst wirkungsvoll. Einfach Daumen, Mittelfinger und Ringfinger an beiden Händen gleichzeitig etwa ein bis drei Minuten mit leichtem Druck zusammendrücken und tief in diese Fingerverbindungen hineinatmen.

Entspannung auf langen Autofahrten

Kennen Sie das? Sie sitzen im Auto und spüren ein unangenehmes Ziehen im Nacken. Dabei sind Sie doch ganz ruhig gefahren. Unser Körper erlebt eine Autofahrt jedoch völlig anders:

Autofahrten sind Schwerstarbeit für die Wirbelsäule

In gleich bleibender Sitzposition und mit angespannter Muskulatur muss die Wirbelsäule Beschleunigungen, Bremsmanöver, Kurvenfahrten und Bodenwellen ausgleichen. Dies bedeutet insbesondere für die Halswirbelsäule Schwerstarbeit, da sie den Kopf in der Balance halten muss. In Stresssituationen wird das gesamte Gefüge völlig verspannt.

Regelmäßige Pausen sind empfehlenswert

Die beste Lösung wären regelmäßige Pausen. Doch leider werden von den meisten Fahrern selbst auf längeren Fahrten nur kurze Tankpausen eingelegt. Das eigene Körperfahrzeug wird sträflich vernachlässigt.

Reflexzonenmassagen bieten rasche Entlastung

Hier bietet uns die Reflexzonenbehandlung etwas Entlastung. Mit ein paar Massagegriffen am Kopfansatz und an den Handreflexzonen lassen sich die Nackenspannungen deutlich lindern. Diese Behandlungen sind selbstverständlich während der Fahrt nicht erlaubt.

Nackenreflexzonen

Wir kennen diese Zonen aus unserem Alltag: Wenn wir verspannt sind, massieren wir uns instinktiv die Zonen am Schädelansatz. Seit den 50er-Jahren wissen wir, dass wir über die Nackenlinie Einfluss auf die Halswirbelsäule haben. Leider ist dies auch in Fachkreisen nur wenig bekannt.

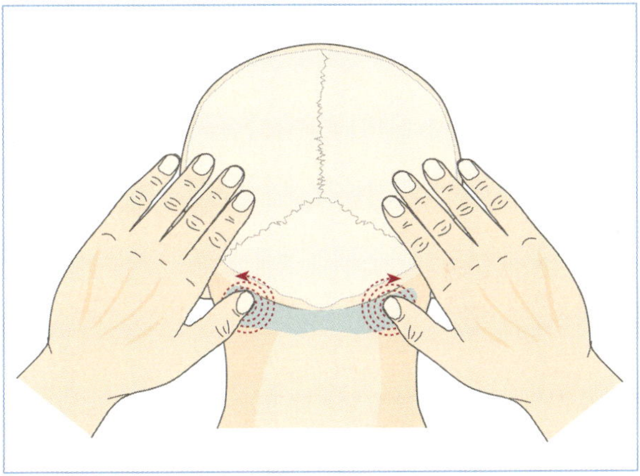

Das bringt Linderung

- Dieser Griff lässt sich leicht im Stau oder in der Pause durchführen: Wir halten unseren Kopf wie einen Ball in den Händen und wandern mit den Daumen sanft kreisend von der Mitte aus nach außen und wieder zurück.
- An den empfindlichen Punkten dürfen wir eine Grundentstörung durchführen und am Schluss die Nackenlinie nach außen hin ausstreichen.

Handreflexzonen

Die Handreflexzonenmassage können wir überall dort einsetzen, wo schmerzhafte Spannungen gelöst werden sollen, so auch in den Pausen.

Das bringt Linderung

- Wir beginnen mit weichen Daumenkreisungen, die bis in die Tiefe des Handballens gehen können. Das Bewegen der Fingergrundgelenke lockert die Schultermuskulatur über die Reflexzonen.
- Danach erhalten auch die Nackenmuskeln über die Innenseite des Daumens Impulse zur Spannungslinderung. Wir massieren diese Reflexzonen in leichten Kreisungen von oben nach unten.
- Den empfindlichen Punkten sollten wir zudem eine Grundentstörung geben.

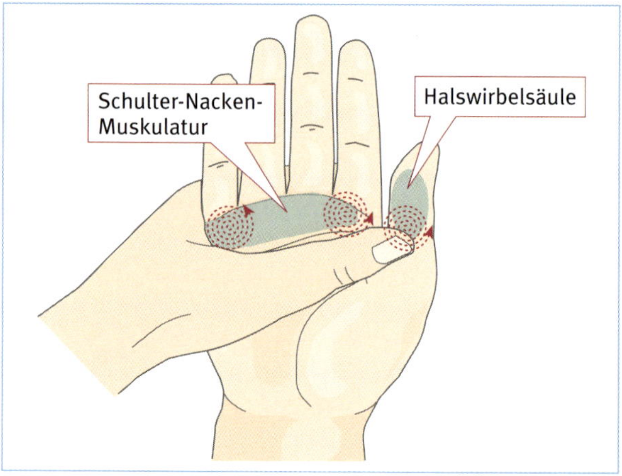

Ergänzungen

Beim Autofahren besteht die beste Entlastung der Schulter-Nacken-Region in ergonomischen Sitzen und ausreichenden Pausen mit viel Bewegung.

Regelmäßiges Fitnesstraining hilft

Außendienstmitarbeiter mit großen Fahrleistungen oder Lastwagenfahrer sollten unbedingt ein Abo in einem physiotherapeutisch betreuten Fitness-Studio haben. Damit können sie die Rückenprobleme und die Hexenschussgefahren unter Kontrolle halten.

Edelsteine wirken entlastend

Eine weitere gute Begleitung beim Autofahren ist ein Trommelstein oder ein Edelsteingriffel aus Bergkristall. In der Hosentasche oder als Anhänger ist solch ein Talisman eine wertvolle Unterstützung für die Reflexzonen und für eine entspannte Klarheit beim Fahren.

Beachten Sie die Reflexzonen am Rücken

Zudem dürfen wir beim Autofahren auch die Reflexzonen am Rücken einsetzen, die beim „guten Flug" beschrieben sind, denn die einseitige Sitzhaltung führt bei Berufsfahrern häufig zu Durchblutungsstörungen der Beine.

WICHTIG

Viel Bewegung in frischer Luft, das Auto als rauchfreie Zone und ein umfassendes Kreislauftraining wären die richtigen Vorbeugemaßnahmen.

Besänftigung für den Magen

In früheren Zeiten waren es die Völlereien der Fürsten und die Hungersuppen der Armen, die die Mägen belasteten. Heute bringen Döner, Burger und Currywurst und andere Dinge bereits die Verdauungssysteme von Kindern durcheinander.

Schnell essen macht nicht satt

Wir essen zu viel und haben noch Heißhunger, wenn wir schon beim Dessert sind. Sollten wir uns dann noch einen Schokoriegel gönnen, verderben wir uns nicht nur den Magen, sondern füllen zusätzlich unsere Fettdepots.

WICHTIG

Wenn wir unter Zeitdruck versuchen, die Speisen schnellstmöglich zu verzehren, kommt unser Sättigungsgefühl nicht mit.

Stress und Rauchen verstärken die Probleme

Dass die Magensäureproduktion dabei völlig aus dem Ruder läuft, erleben wir an den anschließenden Beschwerden. Diese werden verstärkt durch Stress und Zigaretten. Noch vor 20 Jahren waren in erster Linie Manager von diesen Problemen betroffen, heute sind es Menschen aller Schichten. Die Reflexzonenbehandlung ändert nicht unser Verhalten, aber sie besänftigt zumindest den Magen.

Handreflexzonen

Magenbeschwerden haben wir immer dann, wenn wir unterwegs sind und gerade kein geeignetes Mittel zur

Hand haben. Doch glücklicherweise haben wir unsere Hände immer dabei, mit denen wir viele Probleme des Alltags unauffällig lösen können.

Das bringt Linderung

- Wir können die Magenzone an der Hand nicht verfehlen. Wenn wir den Daumen gegen den Zeigefinger drücken, erhebt sich am Handrücken ein kleiner Muskelhügel.
- Nach dem Loslassen dürfen wir diesen Reflexzonenbereich durchmassieren und den Maximalpunkt mit der Grundentstörung behandeln. Dieser Reflexzonenpunkt entspricht einem Akupressurpunkt, der auch in China genutzt wird.

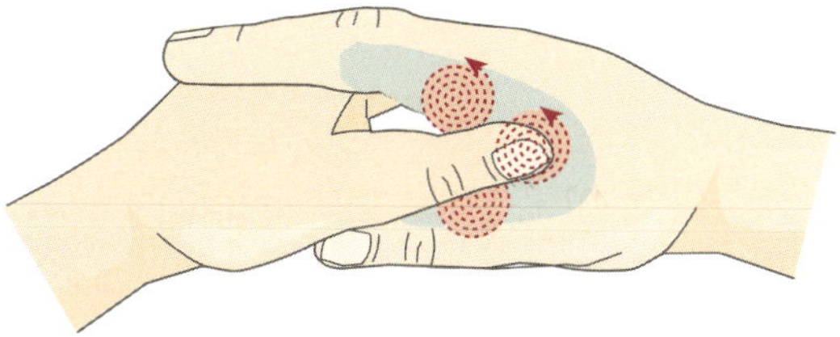

Fußreflexzonen

Wenn wiederholt Magenprobleme auftauchen, ist eine fachliche Untersuchung notwendig. Die Reflexzonenmassagen der Füße können die Situation grundsätzlich verbessern. Die Instanz, die hier behandelt wird, ist das

Sonnengeflecht des vegetativen Nervenssystems, das über Wohl und Unwohlsein im Oberbauch bestimmt.

Das bringt Linderung

- Auf eine schöne Reflexzonenmassage, die beide Füße einbezieht, folgen erkundende Kreisungen in der Region um die Reflexzonen des Sonnengeflechts.
- Bei den Grundentstörungen an den empfindlichsten Punkten werden wir häufig eine verzögerte Entspannung feststellen. Dafür ist sie sehr nachhaltig.

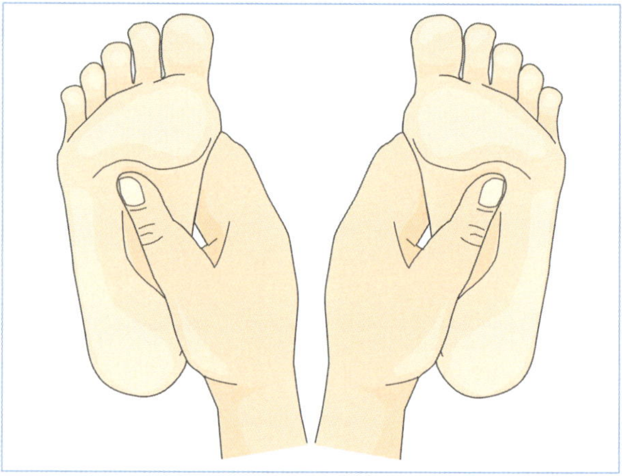

Ergänzungen

Eigentlich ist der Magen ein gutmütiges Organ, das uns fast alle Fehler verzeiht. Wenn wir es mit falscher Ernährung, Stress, Nikotin und Alkohol allerdings übertreiben, reagiert er mit einem Reizmagen.

WICHTIG

Die besten Ansätze bestehen in der Umstellung der Essgewohnheiten und in der Änderung der Lebensgewohnheiten. Außerdem sollte es beim Essen ums Genießen gehen, und das, beklagen Spitzenköche, sind wir dabei zu verlernen.

Rollkuren und Homöopathie beruhigen

Ist der Magen gereizt, beruhigen ihn Rollkuren mit Haferschleim und homöopathische Präparate. Besonders geeignet zur Linderung von Beschwerden sind Kräutertees.

Eine lindernde Teemischung

Versuchen Sie die folgende Teemischung:

- Kamille 25 g, Schafgarbe 25 g, Angelikawurzel 30 g und Pfefferminze 20 g (etwa zehn Minuten ziehen lassen, drei Wochen lang zwei Tassen täglich).

Kartoffeln gegen Sodbrennen

Wenn uns Sodbrennen plagt, können wir ein Stückchen rohe Kartoffel gut kauen und die Symptome innerhalb von Minuten besänftigen.

Ätherische Öle und Edelsteine für die Reflexzonenmassage

Ätherische Öle für die Reflexzonenmassage sind Kümmelöl, Vetiveröl oder Kardamomöl. Auch die Edelsteine Chalcedon und Zitrin.

Männer und ihre kleinen Beschwerden

Ein Blick in die ärztlichen Wartezimmer legt die Frage nahe: Ist das männliche Geschlecht das gesündere? Leider nein. Männer sind nur weniger aufmerksam als Frauen, was Krankheiten anbelangt. Dabei sind Männer deutlich risikofreudiger und verletzungsanfälliger, haben eine höhere Unfallquote und sind in stärkerem Maße durch Herzinfarkt gefährdet.

Prostatavergrößerung und Potenzprobleme

Schließlich wird während der männlichen Wechseljahre das Thema Prostatavergrößerung aktuell. In den meisten Fällen sind die Symptome nicht schmerzhaft. Aber der permanente Harndrang ist lästig und höchst unangenehm. Bei der Entleerung kommt nur ein schwacher Harnstrahl, der keine wesentliche Erleichterung bringt. Zudem zieht die Tatsache, dass der Mann im Bett nicht mehr so kann, wie er will, die „erektile Dysfunktion", das männliche Selbstvertrauen in Mitleidenschaft.

GUT ZU WISSEN

Gesundheitsrisiken und Potenzschwierigkeiten sind leider nicht über die Behandlung der Reflexzonen beeinflussbar. Dafür haben sich die Nasen- und Handreflexzonen für die Begleiterscheinungen der Prostatabeschwerden bewährt.

Nasenreflexzonen

Nase und Geschlechtsorgane sind die einzigen Organe mit Schwellkörpern. Diese Entdeckung wurde erst um 1900 therapeutisch genutzt. Viel früher jedoch haben die Inder diese Zonen zur Steigerung der Gebärfähigkeit genutzt, indem sie sie piercten. So ist es keine Überraschung, dass diese Reflexzonenmassage die Hormon- und Geschlechtsfunktionen normalisiert.

Die Nasenreflexzonenmassage

- Wir tränken ein Wattestäbchen in einer Ölmischung (Malvenöl : Sandelholzöl 10:1).
- Damit massieren wir jede Nasenseite etwa ein bis zwei Minuten innen sanft durch.

Bei Störungen oder unangenehmen Gefühlen die Massage bitte sofort abbrechen.

Hand- und Fußreflexzonen

Die Reflexzonen der Prostata sind an Händen und Füßen gleichermaßen erreichbar. Die Reflexzonenmassagen an den Füßen eignen sich als ausgleichende Maßnahme am Abend und veranlassen eine grundlegende Umstimmung, während die Handreflexzonen tagsüber als Nothelfer dienen.

Das bringt Linderung

Im Hand- und Fußwurzelbereich, an den Knöcheln, befinden sich die Unterleibszonen. Eine ausgiebige Reflexzonenmassage sollte am ganzen Fuß der gezielten Grundentstörung an den maximalen Punkten vorausgehen; bei Bedarf können wir diese auch an den Händen einsetzen und sie anschließend kreisend ausstreichen.

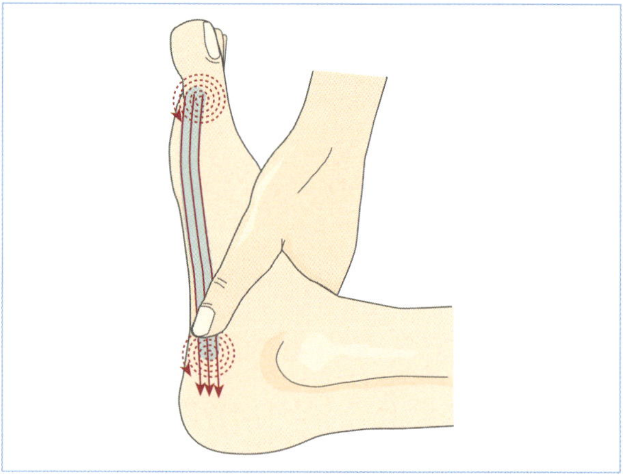

Ergänzungen

Auch Männer haben Wechseljahre. Mit etwa 50 Jahren vergrößert sich bei vielen Männern ein kastaniengroßes Organ im Unterleib: die Prostata. Spätestens dann sind Vorsorgeuntersuchungen angezeigt.

Allgemeine Maßnahmen gegen Prostatabeschwerden

Die Maßnahmen, die die Prostata fit halten, beschränken sich nicht auf den Unterleib: viel Bewegung, wenig Sitzen, fettarme Kost, wenig Alkohol, viel Flüssigkeit, sexuelle Aktivität, erhöhte Vitamin- und Zinkzufuhr sowie Abfangen der Freien Radikale (siehe Altersbeschwerden).

Pflanzliche Wirkstoffe

Pflanzliche Präparate, die diesen Problemen entgegenwirken, sind aus Brennesselwurzeln, Kürbiskernen, Sägeplamenfrüchten und Roggenpollen hergestellt.

Ätherische Öle und Edelsteine

Für die Reflexzonenmassage können wir Sandelholz- und Muskatellersalbe einsetzen. Auch die Edelsteine Eisenkiesel, roter Jaspis und Granat wirken. Ob die Lustfähigkeit erhalten bleibt, ist meist ein Thema für unser größtes Geschlechtsorgan, das nicht zwischen den Beinen, sondern zwischen den Ohren sitzt.

Entlastung für den Rücken

Fast die Hälfte der Menschen spürt den Rücken täglich auf eine unangenehme Weise. Dabei sind die Ursachen nicht dort, wo sie auf den ersten Blick zu sein scheinen. So ist ein Arbeitsloser deutlich höher gefährdet als ein Angestellter, und ein Akademiker hat bessere Chancen, ohne Bandscheibenvorfall davonzukommen, als ein Hauptschulabgänger. Die Lösungen hingegen sind für alle Betroffenen gleich: mehr Bewegung, weniger Stress und gute Entspannung.

Fahnden Sie nach den Ursachen!

Glücklicherweise verschwinden mehr als 90 Prozent der Rückenbeschwerden innerhalb von Tagen bis Wochen wieder von selbst. Während dieser Zeit ist die Lebensqualität massiv eingeschränkt. Der unfreiwillige

Rückzug, zu dem uns die Schmerzen zwingen, ist eine Gelegenheit, nach den Ursachen für die Beschwerden zu fahnden. Neben der medizinischen Analyse sollten wir auch unsere Lebensgewohnheiten überprüfen.

WICHTIG

Die Reflexzonen helfen dabei, den Kreislauf von Schmerz – Spannung – mehr Schmerz zu unterbrechen, und beschleunigen die Rückkehr zum Alltag.

Handreflexzonen

Die Hand bringt Linderung für den Rücken. Diese Erfahrung konnten bereits viele Betroffene machen.

Das bringt Linderung

- Nach Streichungen entlang der Wirbelsäulenzonen von oben nach unten erkunden wir diese Zonen in gleicher Richtung systematisch mit kleinen Kreisungen. Die empfindlichen Reflexzonenpunkte sollten wir dabei grundentstören.
- Die Anwendungen haben gezeigt, dass die maximalen Beschwerdebereiche am intensivsten reagieren und am längsten für das Entspannen benötigen (und dennoch immer angenehm bleiben!).
- Zur Unterstützung können wir in den betreffenden Punkt gezielt hinein atmen und dort einen gedanklichen Luftballon aufblasen.

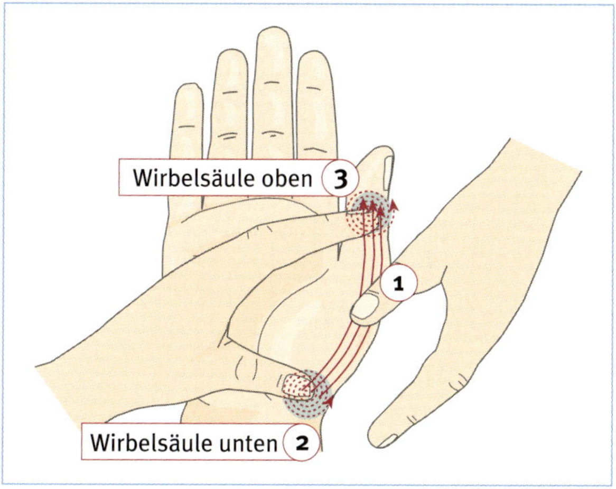

Ohrreflexzonen

Diese Form der Problemlösung hat Tradition, wie bereits Nogier feststellte, als er in den 50er-Jahren auf dieses Reflexzonensystem stieß. Einige seiner Patienten hatten Zeichen leichter Verbrennungen am Ohr, die ihnen von Zigeunern mit Erfolg gegen die Rückenschmerzen beigebracht wurden. Für den Hausgebrauch behandeln wir diese Reflexzonen nicht so dramatisch.

Fingermassage

Die Fingermassage der Zonen zwischen Daumen und Zeigefinger hat durchaus auch das Potenzial, die Schmerzen zu reduzieren. Insbesondere, wenn die

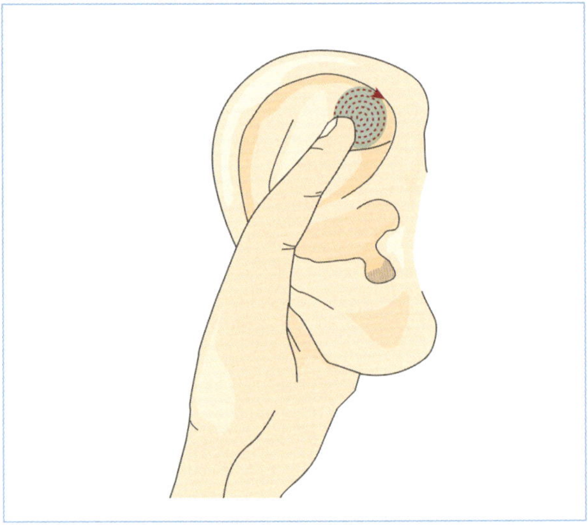

Grundentstörung stündlich wiederholt wird, stellt sich erfahrungsgemäß rasch eine Linderung ein.

Ergänzungen

Für alle Rückenbeschwerden besteht das Hauptziel darin, das gesamte Wirbelsäulengefüge mit einer ausgeglichenen und tragfähigen Spannung der Rückenmuskulatur zu stabilisieren und die Bauchmuskulatur zu kräftigen. Ist dieses Gleichgewicht wiederhergestellt, geht es dem Rücken gut. Hierzu sind die Physiotherapeuten die richtige Adresse.

Entspannungstechniken

Zur Spannung gehört auch die Entspannung. Autogenes Training oder Meditationen helfen hier weiter. Ein Faktor, der oft unterschätzt wird, ist das Rauchen. In der Fachwelt wird seit geraumer Zeit die „Raucherbandscheibe“ diskutiert:

ACHTUNG

Raucher haben mit erhöhter Wahrscheinlichkeit Rückenprobleme, da Rauchen den Stoffwechsel und die Sauerstoffversorgung der Bandscheibe verhindert.

Ätherische Öle und Edelsteine

Als Ergänzung für die Reflexzonenmassagen und zum Einreiben in den Rücken sind folgende ätherischen Öle geeignet: Bergamotte-, Dill-, Sandelholz-, Weihrauch-, Majoran- und Rosmarinöl. Besonders gut zur Massage und zum Auflegen geeignet sind die folgenden Edelsteingriffel, Trommelsteine oder das Joya aus Bergkristall, Tigerauge und Rhodonit.

Schnupfen? So wird die Nase wieder frei!

Ha-Tschi! Diese Fanfare offenbart: Wir haben einen Schnupfen. Aber keine Sorge. Seit jeher wissen wir, dass diese Erkrankung harmlos ist und neun Tage dauert: drei Tage kommt der Schnupfen, drei Tage bleibt er, drei Tage geht er. Nach dem anfänglichen Kribbeln beginnt die Nase zu laufen. Schnupfenviren haben unsere Abwehrbarrieren überwunden und sind dabei, sich festzusetzen. Nun überschwemmen sie den gesamten Organismus. Die Schleimhäute schwellen an, die Nase ist verstopft, und wir fühlen uns abgeschlagen. Dagegen helfen keine Antibiotika, sondern eher allgemeine Abwehr stärkende Maßnahmen, Homöopathie und Vitamine. Unser Immunsystem hat inzwischen Gegenmaßnahmen eingeleitet und führt eine erfolgreiche Abwehrschlacht. Dabei werden Zellen erneuert, und die Virenreste müssen entsorgt werden. Diese Aufräumarbeiten können wir unterstützen, indem wir viel trinken. Schließlich schwellen die Schleimhäute wieder ab. Die Reflexzonenmassage hilft dabei, die Nase frei und den Kopf klar zu halten.

Handreflexzonen

Die Reflexzonenmassagen an der Hand sorgen für einen klaren Kopf bei Schnupfen und helfen mit, die Schleimhäute im gesamten Nasen-Rachen-Raum durchgängig für die Luft zu halten. Vor allem aber sind diese Griffe überall und immer anwendbar.

Das bringt Linderung

- Die wichtigsten Reflexzonen sind in diesem Fall die Innenseiten zwischen Daumen und Zeigefinger. Diese Strecken dürfen wir ein- bis zweimal täglich ausgiebig mit weichen Kreisen durchmassieren und die aktivsten Reflexzonenpunkte grundentstören.
- Zwischendurch können wir stündlich die Schwimmhäute an den Fingeransätzen zum besseren Lymphabfluss sanft melken.

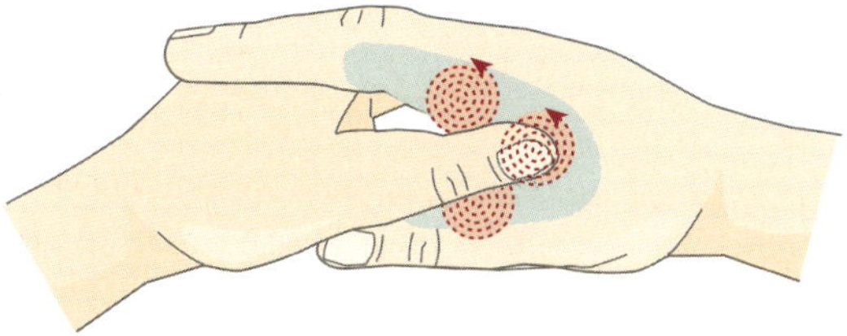

Ohrreflexzonen

Die Reflexzonen am Ohr werden allgemein unterschätzt. Ein Beispiel dafür ist ein Griff, der überraschend schnell zu einer freien Nase verhilft. Auch allergische Nasenverstopfungen werden dadurch rasch wieder beseitigt. Fairerweise müssen wir sagen, dass die Wirkung etwa nur jeweils zehn bis fünfzehn Minuten anhält. Gegen Viren sind leider auch die Reflexzonen machtlos. Aber zum Glück können wir den Griff bedenkenlos wiederholen.

Das bringt Linderung

- Wir brauchen nur das Ohrzäpfchen vor dem Gehörgang leicht massieren und wie bei der Grundentstörung zu drücken. Der Erfolg stellt sich innerhalb von etwa 20 bis 30 Sekunden ein.

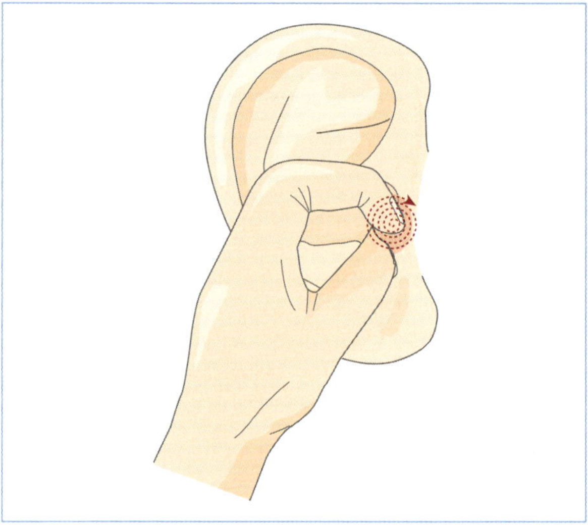

Ergänzungen

Viren betreffen immer den gesamten Organismus. Auch wenn jeder Virenstamm sein bevorzugtes Organ befällt, müssen sie vom Abwehrsystem überall bekämpft werden. So wirken Kräutertees (siehe Erkältung) nicht nur lokal, sondern auch über die Schaltstellen des Immunsystems im Darm. Zur Erleichterung der Immunarbeit benötigen die Abwehrzellen Hilfsstoffe.

Vitamine, Nasentropfen und Sprays

Insbesondere sind dies die Vitamine C und E, Enzyme und Zink.

Die lokalen Maßnahmen haben bei einem Schnupfen das Ziel, die Schleimhäute abzuschwellen. Dafür verfügen wir über eine Fülle von homöopathischen Nasentropfen und Sprays (mit Euphorbium). Auf solche mit gefäßverengenden Wirkstoffen sollten wir verzichten (Gefahr der Abhängigkeit!).

Dampfbäder, Inhalationen und Edelsteine

Oft genügt es, die Nase mit Kochsalzlösung oder durch Dampfbäder zu befeuchten. Zur Dampfinhalation wie auch für die Reflexzonenbehandlung sind Kamillenöl, Fichtennadelöl und Lavendelöl geeignet. Heliotrop, Chalcedon und Fluorit sind zudem die Edelsteine, die uns einen Schnupfen besser überstehen lassen.

Stress? So finden Sie neue Energie!

Muße zu finden ist heute schwierig geworden. Unserem Wunsch nach Entspannung stehen die zunehmenden Anforderungen in Beruf und Privatleben gegenüber. Dennoch hoffen wir, dass wir abschalten können. Doch auch wenn wir Ruhe haben, laufen wir in Gedanken in unserem Hamsterrad weiter, das nicht zum Stillstand kommt.

Natürlich reicht die Reflexzonenbehandlung bei schweren Beeinträchtigungen nicht aus. Fachkundige Abklärung, Entspannungstraining oder Medikamente sind dann die Mittel der Wahl. Bei leichten Stressstörungen aber helfen die Reflexzonenmassagen sehr gut, das

Hamsterrad zu bremsen und aus der Stress-Spirale auszusteigen.

Reflexzonen bringen Entspannung

Bei der Umschaltung in Richtung Entspannung haben sich die Reflexzonen an den Füßen, den Händen und im Gesicht besonders bewährt. Während nach einem stressigen Tag Fußmassagen das Abschalten ermöglichen und die Handreflexzonen als Notbremse im Alltag zum Einsatz kommen, sind die Reflexzonen im Gesicht bestens zur Tiefenentspannung geeignet.

Fußreflexzonen

Über die Massagen an den zwei Zentren am oberen und unteren Ende der Wirbelsäule lässt sich das Stresspotenzial deutlich reduzieren.

Das bringt Linderung

- Zu Beginn streichen wir die Großzehenseiten der Füße fünf- bis siebenmal nach unten zur Ferse hin und atmen bei jedem Strich langsam aus.
- Im Anschluss gehen wir in kleinen Zirkelungen die gleiche Strecke langsam noch einmal ab und machen am Großzehenendgelenk und unten im Bereich des Innenknöchels an den empfindlichen Punkten eine Grundentstörung.
- Am Ende streichen wir die Verbindung zwischen oben und unten noch einmal aus.

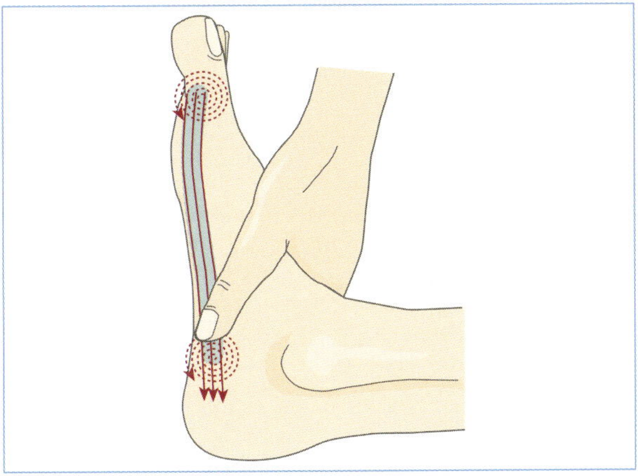

An den Handreflexzonen sind die Punkte und Anwendungsweise gleich.

Gesichtsreflexzonen

Kosmetikerinnen und ihre Kundinnen wissen, wie entspannend und stressreduzierend eine Gesichtsmassage sein kann. Dabei werden über die Reflexzonen alle Organe emotional durchtränkt und erhalten die Energie, die sie benötigen.

WICHTIG

Besprechungspausen sind eine gute Gelegenheit, die eigenen Gesichtsreflexzonen kurz durchzumassieren.

Das bringt Linderung

- Weiche kreisende Bewegungen verschieben die Haut und die Gesichtsmuskeln. Die Wirkung ist vor allem dann verblüffend, wenn man erholt aus der Pause kommt, während die anderen noch gestresst sind.
- Die schönste Variante besteht natürlich in einer ausgiebigen und professionellen Reflexzonenmassage des Gesichts.

Ergänzungen

Ganz gleich, ob wir uns vor einer Besprechung stabilisieren oder ob wir eine umfassende Entspannungssitzung erhalten – Stressabbau benötigt immer einen ge-

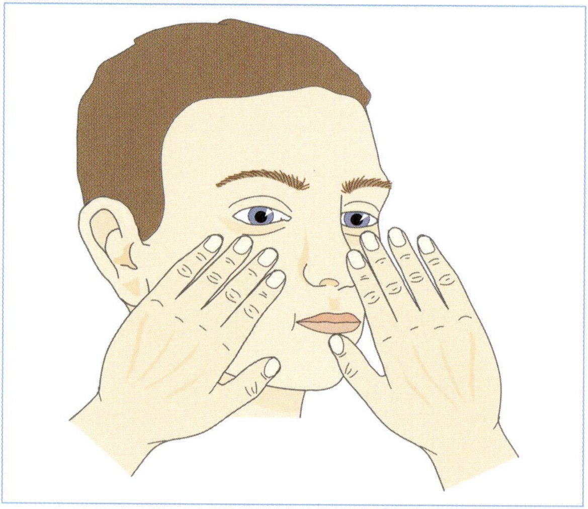

eigneten Rahmen. Dieser kann ein ausgedehntes Zeitfenster sein, in dem wir uns ausreichend Raum zum Genießen geben; vor einem Businessmeeting hingegen sind oft nur ein paar bewusste Atemzüge möglich. In beiden Fällen werden wir in der Lage sein, unsere mentalen Reserven wieder aufzufüllen.

Lavendelkissen und -tee

Ein altbewährtes Hilfsmittel, um nachts zur Ruhe zu kommen, ist das Lavendelkissen. Dazu benötigen wir Lavendeltee aus der Apotheke oder aus dem Kräuterladen. In einem Baumwollsäckchen verschnürt unter das Kopfkissen gelegt, vertreibt das Lavendelkissen nicht nur Mücken, sondern auch störende Gedanken. Zudem vertieft es den Schlaf.

Lavendelöl und Edelsteine

Lavendelöl ist auch das passende Öl für die Reflexzonenmassagen. Als Talisman und zur Massage gegen Stressbelastungen eignen sich Trommelsteine oder Edelsteingriffel aus schwarzem Turmalin und Aventurin.

So überstehen Sie den Tag am Schreibtisch!

Seit der Erfindung der Schreibmaschine ist die Arbeit am Schreibtisch eine große Belastung für die Nackenmuskulatur. Hatten wir gehofft, dies würde sich mit dem Computer ändern, so mussten wir leider erleben, dass sich die Anforderungen nur gewandelt, aber nicht verbessert haben. Die mechanische Beanspruchung der Hände wurde von der Bildschirmarbeit und den daraus resultierenden Schulter-Nacken-Problemen abgelöst.

Motivationstiefs

Ein weiteres Thema am Schreibtisch sind die Motivationstiefs: Wir sitzen am Schreibtisch, und eigentlich sollte der anstehende Vorgang längst bearbeitet sein. Doch wir spielen mit dem Kugelschreiber oder sinnieren vor uns hin. Wenn die Motivation fehlt, lässt sich der Schleier vor den Augen einfach nicht zerreißen, und die Unterlagen bleiben unbearbeitet liegen.

WICHTIG

Dies sind Fälle für die Reflexzonen. Gegen die Verspannungen helfen die Handreflexzonen, und zur Motivationssteigerung genügen ein paar Massagegriffe an den Ohren und eine Fingerübung mit Atembegleitung.

Handreflexzonen

Diese Anwendungen erlauben eine unauffällige Beschwerdelinderung im Büro.

Das bringt Linderung

- Nach weichen Kreisungen bis tief in den Handballen werden die Fingergrundgelenke durchbewegt. Damit lockern wir die Schultermuskulatur.
- Anschließend erhalten die Nackenmuskeln Zuwendung. Wir massieren an der Innenseite des Daumens

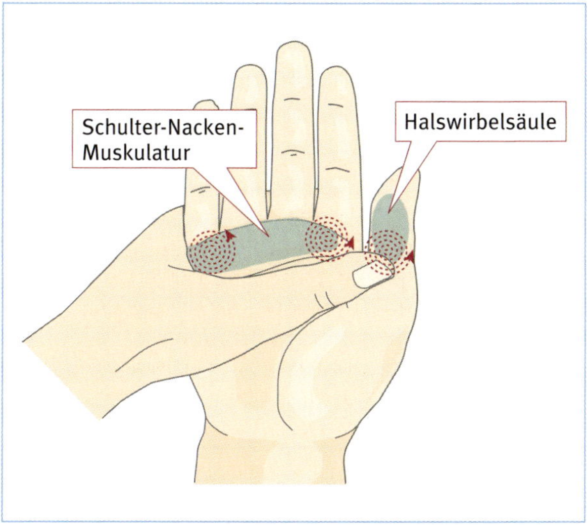

die Zonen der Halswirbelsäule mit leichten Kreisungen von oben nach unten und versorgen die empfindlichen Punkte mit der Grundentstörung.

- Der „Handgriff" für die Motivation wirkt über die Gehirnzonen, die sich in den Fingerkuppen befinden. Einfach die Kuppen zusammenlegen und leicht gegeneinander massieren. Dabei drei- bis viermal tief durchatmen.

Reflexzonen am Ohr

Manche Menschen zupfen sich am Ohrläppchen, wenn sie sich konzentrieren wollen. Genau hier befinden sich

Gehirnzonen. Wieder einmal bestätigt sich, dass wir intuitiv die richtigen Reflexzonen nutzen.

WICHTIG

Mit einfachen Ohrgriffen können wir die Motivation, die Konzentration und das Gedächtnis verbessern:

Das bringt Linderung

- Dazu dürfen wir die Ohrläppchen ausgiebig zwischen Daumen und Zeigefinger durchknubbeln und die Reflexzonen kreisend massieren. Selbstverständlich müssen die Griffe auch bei intensiven Massagen immer angenehm bleiben.
- Den Abschluss bilden Streichungen, so als wollten wir die Ohrläppchen sanft lang ziehen.

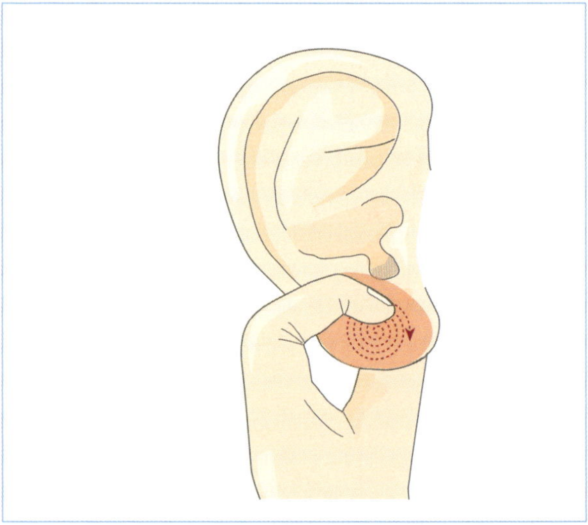

Ergänzungen

Für das Wohlergehen am Schreibtisch sind im Wesentlichen zwei Faktoren verantwortlich: die Atmosphäre im Büro und die Sitzqualität. In einer problematischen Bürostimmung entsteht leicht Stress, und eine schlechte Sitzhaltung belastet den gesamten Bewegungsapparat.

Ein sportlicher Ausgleich

Auf alle Fälle benötigt Büroarbeit einen sportlichen Ausgleich. Die sinnvollsten Betätigungen sind Nordic Walking oder Fitnesstraining. Zum seelischen Ausgleich gehört zusätzlich ein erholsamer Urlaub zur Entspannung.

Ätherische Öle und Edelsteine

Ergänzend zu den Reflexzonenmassagen können wir die ätherischen Öle Weihrauch, Majoran, Rosmarin und Zypresse verwenden. Als verdünnte Ölmischung sind diese auch zum Einreiben gegen die Spannungen in Schulter und Nacken geeignet. Bei den Edelsteinen sind besonders der rote Jaspis und der Amethyst zu erwähnen. Beide bringen mehr Energie in diese Gebiete.

Reflexzonen an der Nackenlinie

Eine weitere Ergänzung zu den beiden Anwendungen an Händen und Ohren sind die Reflexzonen an der Nackenlinie, die bei der Anwendung „Kopfweh" beschrieben sind.

Eine gute Verdauung – kein Problem!

„Der Tod sitzt im Darm", sagte F. X. Mayr. Von einer guten Verdauung hängt vieles ab, vor allem aber Gesundheit und Zufriedenheit. Die Organsprache des Darms weist auf diese Zusammenhänge hin: „Es wühlt im Bauch", „wir haben eine Wut im Bauch", oder möglicherweise haben wir „Schiss" davor, dass etwas „in die Hose geht".

Die Haut als Indiz

Der Dickdarm ist für die Entsorgung der Überreste und Abfallstoffe zuständig und weist zudem als Seelenanzeiger darauf hin, dass wir Körperliches oder Seelisches nicht verdauen können. Hierbei sind besonders die Reflexzonen im Gesicht bedeutsam. So kommen häufig im Kinnbereich, wo die Dickdarmzonen liegen, Hautunreinheiten zum Vorschein. Leider eignen sich diese Zonen nicht für direkte Behandlungen, aber im Zuge einer kosmetischen Gesichtsmassage werden sie immer mitbehandelt. Umso besser können wir über die Fuß- und Zungenreflexzonen auf die Verdauungsfunktionen von Leib und Seele einwirken und befreiende Erfahrungen machen.

Zungenreflexzonen

Wir können uns fast nicht vorstellen, dass dieser Muskel in unserem Mund ein Reflexzonensystem sein soll. Was im Ayurveda seit mehr als 3000 Jahren bekannt ist, konnte auch bei uns bestätigt werden: Die Zunge ist ein Spiegelbild unseres gesamten Verdauungssystems.

Das bringt Linderung

- Im Rahmen unseres täglichen Reinigungsrituals entfernen wir mit dem Zungenschaben nicht nur den Belag, sondern regen mit einer effektiven Reflexzonenbehandlung auch unsere Verdauung an.
- Für die praktische Anwendung dürfen wir bei Verdauungsschwierigkeiten nach dem morgendlichen Zähneputzen die Zungenoberseite mit einer zweiten Zahnbürste sanft putzend massieren.

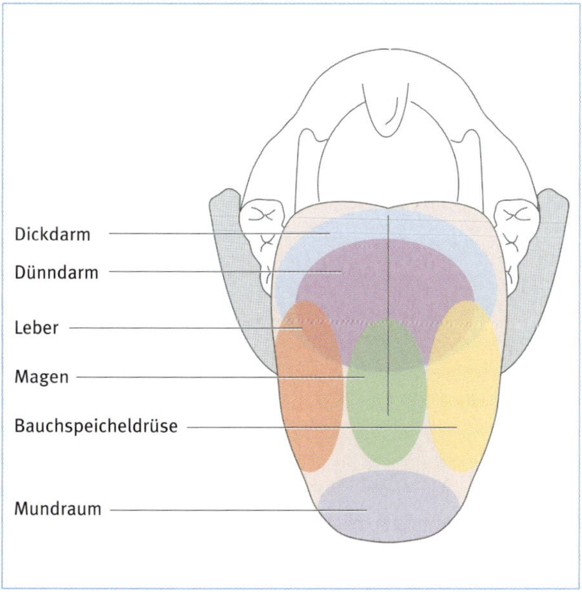

Fußreflexzonen

Bei Verdauungsproblemen ist diese Reflexzonenbehandlung höchst erfolgreich. Dabei erleben wir häufig, dass die Behandelten am Ende einer solchen Massage spontan zur Toilette müssen, und es ist durchaus nicht selten, dass noch am gleichen und am darauf folgenden Tag eine höhere Stuhlgangfrequenz einsetzt.

Das bringt Linderung

- Bei der Behandlung sind sanfte intensive Kreisungen empfehlenswert, die durch Grundentstörungen an den empfindlichen Punkten und anschließende Sonnenstriche ergänzt werden.
- Bei länger bestehenden Verdauungsproblemen sollten anfangs zwei Behandlungen wöchentlich genom-

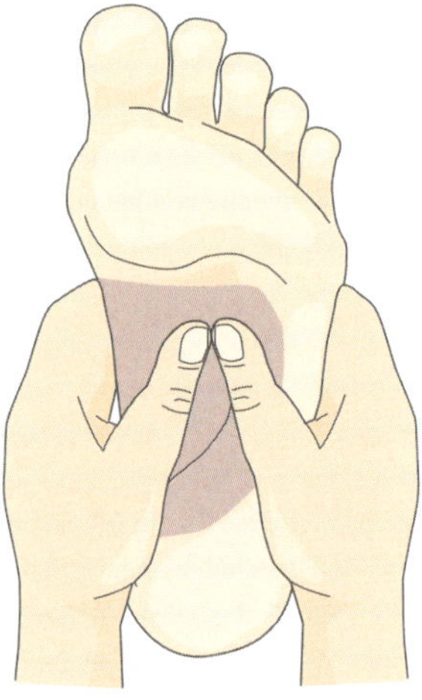

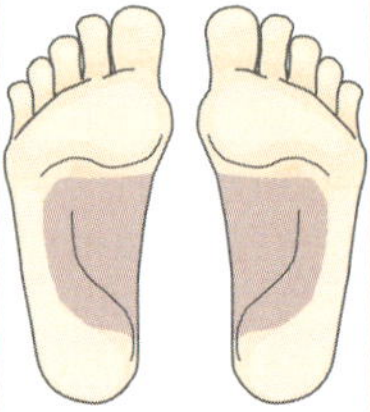

Reflexzonen des Darms

men werden. Später ist dann ein vierzehntägiger Rhythmus zu empfehlen.

Ergänzungen

Verdauungsprobleme sind meistens die Folge von langjährigen Ernährungsfehlern, häufig kombiniert mit Bewegungsmangel. Daher ist es sinnvoll, sich während der Behandlung auf eine vollwertige und ballaststoffreiche Ernährung umzustellen. Auf Abführmittel sollten wir verzichten, da diese den Darm abhängig machen. Wir sollten den Darm trainieren, sich täglich immer zur gleichen Zeit zu entleeren.

Bewegung

Einer der wichtigsten Aspekte für den Darm ist die Bewegung. Der innere Hüftmuskel, der das Bein bei jedem Schritt nach vorne hebt, massiert den Darm beim Gehen und Laufen und unterstützt auf diese Weise seine Tätigkeit. Bewegung aktiviert den Stoffwechsel und die Verbrennung von Kalorien.

Verdauungstees

Auch ein Verdauungstee, der mit aromatischen Bitterstoffen die Darmbewegungen anregt und entschlackt, ist sinnvoll:

- Angelikawurzel 30 g, Kalmuswurzel 20 g, Tausendguldenkraut 10 g, Minzeblätter 20 g und Beifußkraut 10 g (etwa acht Minuten ziehen lassen – eine Tasse täglich).

Wetterfühligkeit ohne Symptome

Haben Sie auch ein inneres Barometer, mit dem Sie anstehende Wetterwechsel zuverlässig vorhersagen können? Leider sind diese Anzeichen meist unangenehm: Eine Narbe beginnt zu ziehen, Gelenke werden unbeweglich, und der Kopf fühlt sich an, als beherberge er einen Ameisenhaufen.

Tiere reagieren sehr feinfühlig auf Wetterveränderungen. Neben dem berühmten Wetterfrosch und anderen Vertretern gilt dies auch für das Säugetier Mensch. So verändert sich der elektrische Widerstand unseres Körpers, wenn wir uns auf Wasseradern aufhalten. Seit jeher haben Wünschelrutengänger mit ihren Instrumenten dies gespürt und nach Grundwasser gesucht. Mit den Lebensjahren nehmen diese Fähigkeiten zu, leider aber auch die Beschwerden.

Gegenmittel

Die am häufigsten angewandte Strategie besteht darin, die Symptome mit Schmerzmitteln zu unterdrücken oder einfach abzuwarten, bis sich die Großwetterlage wieder ändert. Die Reflexzonen können mehr, da sie über das vegetative Nervensystem auf das Geschehen Einfluss nehmen.

Reflexzonen am Ohr

Die Reflexzonenmassagen am Ohr kappen die Beschwerdespitzen beim Wetterumschwung über das vegetative Nervensystem. Paul Nogier hat die „vegetative Rinne“ am Ohr entdeckt. Diese Rinne befindet sich im Ohrumschlag vor dem äußeren Ohrrand. Zudem sorgen bei dieser Anwendung die Wirbelsäulenzonen im Ohr für Erleichterung.

Das bringt Linderung

- Wir beginnen mit ausgiebigen Streichungen des Daumens entlang der Wirbelsäulenzonen vom Ohrläppchen aus nach oben (etwa fünfmal).
- Im Anschluss daran folgen wir mit der gleichen Technik der vegetativen Rinne nach oben.

Am besten wirken diese Anwendungen, wenn sie an den beschwerlichen Tagen stündlich wiederholt werden.

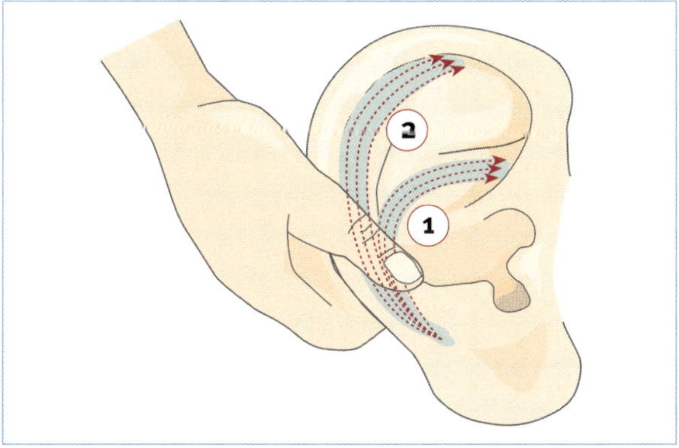

Fußreflexzonen

Zur Umstimmung bei Wetterfühligkeit können wir den Füßen abends eine schöne Reflexzonenmassage verabreichen. Dabei sind die Zonen von drei Steuerungszentren des vegetativen Nervensystems besonders wirkungsvoll: die Reflexzonen des Sonnengeflechts, des Hirnstamms und des Kreuzmarks.

Das bringt Linderung

- Nach einer allgemeinen Massage der Füße und ausgiebigen Streichungen entlang der Wirbelsäulenzonen in Richtung Ferse behandeln wir die Reflexzonen der drei Steuerungszentren mit Grundentstörungen.
- Den Abschluss bilden wieder Streichungen. Dabei stellt sich meist eine wohlige Entspanntheit ein.

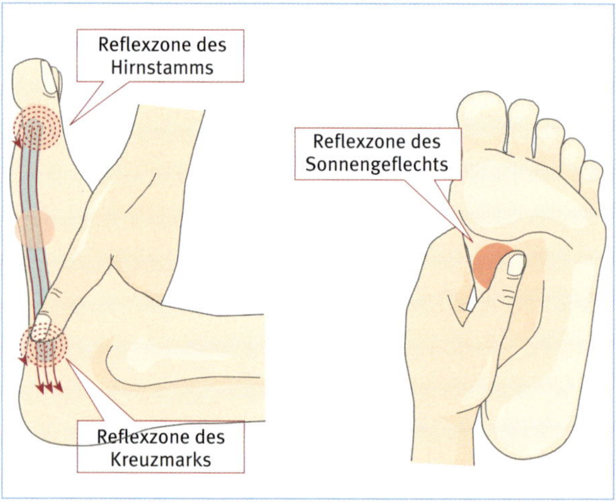

Ergänzungen

Ein wichtiges Thema bei Wetterfühligkeit sind die Störfelder. Das können Narben sein, aber auch chronische Entzündungen, zum Beispiel eitrige Zahnherde. Als weitere Ursache gilt das Schlaf- und Lebensumfeld. Hier stören besonders Stoffwechselbelastungen durch gespritztes Obst und Gemüse, Wohnraumgifte oder Erdstrahlen.

Störfaktoren

Wenn wir diesen Belastungen längere Zeit ausgesetzt sind, wird der Stoffwechsel beeinträchtigt und weniger belastbar. Hierdurch reagieren wir schneller auf die Anforderungen, die uns ein Wetterwechsel abverlangt. Am wichtigsten ist daher die Klärung und Ausschaltung dieser inneren und äußeren Störfaktoren.

Tees und Öle

Die Reflexzonen können diese Faktoren nicht ausschalten, aber sie bringen häufig eine Linderung. Begleitend dazu eignet sich alles, was den Stoffwechsel entlastet. Neben einem Rheumatee (aus der Apotheke) können wir zur Reflexzonenmassage Rosmarinöl und Weihrauchöl einsetzen.

Wirksame Mittel gegen Zahnschmerz

Wir fürchten uns zu Unrecht vor dem Zahnarzt. Denn weh tut's vorher oder nachher, aber auf dem Behandlungsstuhl ist es dank lokaler Betäubung und modernster Technik meist nur die Angst, die uns umtreibt. Bis zum Termin oder nach der Zahnbehandlung können die Reflexzonen die Beschwerden schon vielfach lindern. Dennoch: Die erste Adresse für dieses Problem ist immer die Zahnarztpraxis.

WICHTIG

Die Griffe an Händen und Ohren können mehr als Schmerzen lindern: Sie fördern den Lymphabfluss und reduzieren die Schwellungen, die mit den meisten Zahnbehandlungen einhergehen.

Die Reflexzonen an Hand und Ohr

Die Reflexzonen am Ohr und an der Hand lassen sich weiterhin für alle Probleme des Mundraums einsetzen: von der Unterstützung bei Herpesbläschen an den Lippen bis zur Linderung von Rachenschmerzen bei Heiserkeit. Der wesentliche Griff ist fast immer die Grundentstörung, die in solchen Fällen manchmal etwas länger dauert. Dennoch gilt auch hier uneingeschränkt der Grundsatz: Es muss immer angenehm bleiben!

Handreflexzonen

Die Reflexzonen, die für die Zähne zuständig sind, befinden sich in der Region oberhalb und unterhalb der Fingergrundgelenke. Dabei sind die Zonen der Zähne des Oberkiefers fingerwärts angesiedelt und die des Unterkiefers handwärts.

Das bringt Linderung

- Für die Behandlung dürfen wir das gesamte Gebiet kreisend ertasten und nach empfindlichen Stellen fahnden. Überall dort, wo ein unangenehmer Reflexzonenpunkt auftaucht, ist eine Grundentstörung angezeigt.
- Dabei werden wir feststellen, dass ein oder zwei dieser Stellen besonders intensiv reagieren. Oft lassen diese Maximalpunkte erst nach ein oder zwei Wiederholungen im Abstand von etwa 15 Minuten nach.

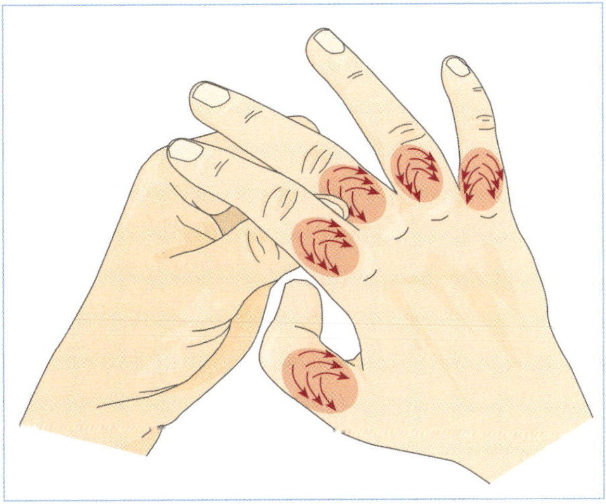

Ohrreflexzonen

Mit diesem Reflexzonensystem haben wir ein wirksames Mittel zur Schmerzlinderung immer bei uns, und es ist faszinierend, wie schnell und nachhaltig die Massage dieser Zonen gegen Zahnschmerzen wirkt.

Das bringt Linderung

- Die Reflexzonen befinden sich im Übergangsbereich vom Ohrläppchen zur Ohrmuschel. Da diese Zonen mit Sicherheit empfindlich sind, dürfen wir sie nur sehr vorsichtig massieren. Manchmal ist es auch nicht möglich, diese Zonen beim ersten Mal zu entstören.
- Üblicherweise stellt sich aber nach der zweiten oder dritten Grundentstörung (im Abstand von 15 Minuten) eine Erleichterung ein. Am Ende immer die Ohren sanft ausstreichen.

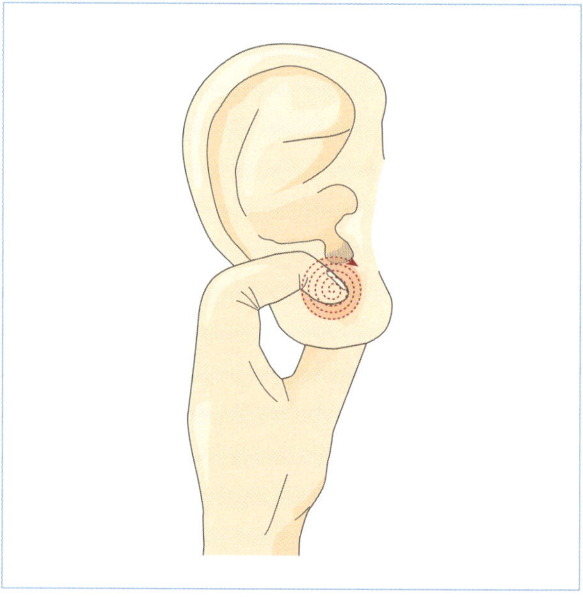

Ergänzungen

Diese Empfehlungen gibt jeder Zahnarzt: sorgfältige Zahnpflege, Heißes und Kaltes an den Zähnen meiden, Kältepackungen an die Wange bei Schwellungen und Einnahme von Schmerzmitteln bei Bedarf. Die Schmerzmittel lassen sich vielfach durch die Reflexzonenbehandlung ersetzen.

Mundspülungen

Für Notfälle kommen Mundspülungen mit einer Nelken-Lavendel-Thymianlösung zum Einsatz: Jeweils einen Tropfen Nelkenöl, Lavendelöl und Thymianöl in ein Glas Wasser geben und den Zahnbereich stündlich intensiv spülen.

Edelsteine

Aus der Steinheilkunde wissen wir, dass der Sugilith, ein wunderschöner violetter Edelstein, die Zahnschmerzen lindern kann. Diesen relativ günstigen Trommelstein haben gute Steineläden vorrätig. Einen möglichst flachen Sugilith außen auf Backe oder Unterkiefer legen und dann sanft (!) die Grundentstörung durchführen.

WICHTIG

Bei Zahnproblemen sind letztendlich immer die Vorsorge und die qualifizierte Pflege die beste Ergänzung. So lassen sich Karies und Parodontose vermeiden, wodurch Schlimmeres verhindert wird.

Der Wegweiser für die Reflexzonen-Tafel

Wo finde ich auf der Tafel meine rechte Schulter, die mir Probleme bereitet, und wo ist mein oberer linker Weisheitszahn, der morgen gezogen werden soll? Um diese Fragen zu beantworten, brauchen wir nur den drei Regeln der Handreflexzonen zu folgen:

1. Links-Rechts-Regel

Rechtsseitige Organe finden wir an der rechten Hand und linksseitige Organe an der linken Hand. Die Mittellinie des Körpers ist zwischen den aneinandergelegten Daumen. Die rechte Schulter ist also an der rechten Hand ganz außen und der Weisheitszahn zwischen linkem Mittel- und linkem Ringfinger.

2. Vorne-Hinten-Regel

Alle Organe auf der Körpervorderseite, zum Beispiel Nase oder Bauch, haben ihre Reflexzonen auf der Handoberseite; und alle rückwärtigen Organe, zum Beispiel Nacken oder Po, haben ihre Reflexzonen an den Handflächen. Die inneren Organe und die Gelenke erreichen wir an beiden Seiten der Hände. So sind das schmerzende Schultergelenk wie auch der Weisheitszahn sowohl oben als auch unten an der Hand vertreten.

3. Etagenregel

Der Körper ist einem dreidimensionalen Abbild entsprechend auf den Handreflexzonen vertreten. Die Anhaltspunkte sind dabei unsere Wirbelsäulenetagen.

Zuordnungen der Wirbelsäulenetagen

Schädel	Fingerkuppen	Gehirn
Halswirbelsäule	Grundglieder der Finger	Sinnesorgane, Mundraum, Zähne, Hals, Nacken, Mandeln
Brustwirbelsäule	Mittelhandknochen	Herz, Lunge, Leber, Galle, Bauchspeicheldrüse, Milz,
Lendenwirbelsäule	Handwurzelknochen	Darm, Nieren, Blase, Geschlechtsorgane
Kreuzbein, Steißbein	Handgelenk	Beckenboden, Hüfte

Auf der Suche nach den Reflexzonen eines Organs brauchen wir unseren Körper nur gedanklich in dieses Handbild zu übertragen. Unsere Problemstellen finden wir dementsprechend: Die Zonen der betroffenen Schulter befinden sich am Grundgelenk des kleinen Fingers und die unseres Zahns zwischen dem Grundgelenk und dem nächsten Fingergelenk.

Haben wir den Zielbereich ausfindig gemacht, können wir präzise nach den unangenehmen Reflexzonenpunkten fahnden (siehe Kapitel: Vom Suchen und Finden der Reflexzonen, Seite 31 ff.) und diese entsprechend behandeln.

Über den Autor

Ewald Kliegel wuchs in Bayern auf. Er war schon sehr früh an Heilungs- und Behandlungsprozessen interessiert, und die intensive Auseinandersetzung mit diesen Themen prägte ihn. Nach seiner Ausbildung zum Masseur sammelte er viele Erfahrungen und absolvierte zahlreiche Fortbildungen, die schließlich zu seiner Anerkennung als Heilpraktiker führten. Langjährige Lehraufträge an Heilpraktikerschulen und ein Klinikprojekt am Kap der Guten Hoffnung wurden sinnvolle Ergänzungen seiner beruflichen Entwicklung.

Die Beschäftigung mit der Massage führte ihn 1977 auch zu dem Thema Reflexzonen. Aber es sollten noch 20 Jahre vergehen, bis die ersten sieben „Landkarten der Gesundheit" erschienen. Inzwischen hat er in seinen Publikationen das Spektrum der Reflexzonen beschrieben und zusammen mit Thomas Gutsche das Internetportal www.reflex-zonen.de geschaffen.

Ewald Kliegel arbeitet als Heilpraktiker und leitet in Stuttgart das Gesundheitsinstitut Membra-Vital. Zusätzlich hält er häufig Vorträge und veranstaltet Fortbildungsseminare zu den Themen Therapie, Wellness und Laienanwendung.

Stichwortverzeichnis

Bibliografische Information der Deutschen Bibliothek
Die Deutsche Bibliothek verzeichnet diese Publikation in der Deutschen Nationalbibliografie; detaillierte bibliografische Daten sind im Internet über http://dnb.ddb.de abrufbar

Programmplanung: Dr. Elvira Weißmann-Orzlowski
Umschlaggestaltung: CYCLUS · Visuelle Kommunikation, Stuttgart
Umschlagfoto: Mauritius
Satz: Fotosatz H. Buck, Kumhausen
Druck und Verarbeitung: Westermann Druck Zwickau GmbH

ISBN 3-8304-2198-2 1 2 3 4 5